秘密の妊娠発覚で、契約結婚のＳ系弁護士が執着系ヤンデレ旦那様になりました

m a r m a l a d e b u n k o

泉野あおい

JN053891

マーマレード文庫

目次

秘密の妊娠発覚で、契約結婚のS系弁護士が
執着系ヤンデレ旦那様になりました

秘密の妊娠発覚で、契約結婚のＳ系弁護士が執着系ヤンデレ旦那様になりました

プロローグ

晴れ渡る空にチャペルの鐘の音が鳴り響く。

すでに号泣している父親と腕を組み重厚な扉の前に立つと、式場のスタッフが両側からその扉を開いてくれた。

会場を包み込むまばゆい光が目の前に広がって、思わず目を細める。

きっと普通の結婚式なら、今日が人生最高の日だ。

なのに、バージンロードを歩く足取りは間違いなく重い。

一歩一歩近づくその先には、タキシードを着た幼馴染《おさななじみ》・夏目律《なつめりつ》が立っていた。

今日の律はサラサラで短めの黒髪をオールバックにしていて、いつもよりその精悍《せいかん》な顔立ちがはっきり見える。

特にスポーツに打ち込んだ過去などないはずなのに、細身で筋肉質な体型と百八十センチを優に超える無駄に高い身長でそこに立っている姿は、まるで絵本から飛び出してきた王子様のようだと思っているのはきっと私だけではないだろう。

私だってそんな律を見て、悔しいけどやっぱりかっこいいとは思うし、つい我を忘れてウットリだってした。

ただ、これは普通の結婚式なんてものではない。

これまでの経緯から諦め混じりにそれでもいいと思っていたが、結婚式直前、もう一人の幼馴染から電話があって、『あの腹黒男との結婚生活は大変だろうけど……』とはっきり言ってから『あ、腹黒男じゃないね。律だったネッ』と今まで聞いたこともないテンションで告げられたので、嫌な予感だけはした。

（もしかして私、今回ばかりは律を頼っちゃいけなかったのかも……？）

そう考えだすと止まらなくなった。

ただし、本当にそうであったとしても、後戻りする道など全く用意されていない状況に、隣で泣く父親だけでなく、私まで泣きそうになる。

律の前まで来ると、彼は私の隣でグジグジと泣き続ける父親に、「お義父《とう》さん、お引き受けします」なんて優しい声をかけて、私の手を取った。

彼のスマートな仕草に、会場からウットリとした感嘆のため息が漏れ聞こえる。

その最たるものは、私の親戚たちであり、そして主に私の母親から漏れたものだ。

（親族のみなさん……お母さんまで、すっかり律に陶酔して）

さすがに父親はまだ私をお嫁に出すのを寂しがって泣いているだろうと、父親をちらりと見ると、父親までぴたりと泣きやんでウットリと律を見つめていて、こっちもか……と肩を落とした。

(さすが律だ)

律はこうして周りの人間を味方につけるのがうまい。

口が悪いくせに人に嫌われないのは、きっとその顔面と、意外すぎるくらい意外な面倒見のいい性格だからだろう。

だからこそ私だって今まで律を頼りにしたし、無茶苦茶なこんな提案にすら乗ると決めた。

ただ、きっとこれから何か問題が起こっても、きっとみんなは私ではなく、律の味方につくだろう。

腹黒男だと罵《ののし》ってはいたが、いつのまにか私より律と仲良くなっていたもう一人の親友がそうであるように。

明るくない予想に泣きそうになっていても、周りは『美海《みう》ちゃん、あんなに泣きそうになるまで喜んで』と勝手に思っている空気がビシバシと肌に伝わってくる。

そんな中、式次第は順調に進んでいった。

緊張と寝不足でぼんやりしている頭のせいか、今日は珍しく朝の情報番組で流れる星占いを見過ごしたなぁ、とこの場にふさわしくないことを思う。

見なくても、きっと最下位だっただろうとは思うけど。

いつの間にか式次第はさらに進み、牧師が永遠の愛を誓うか、と律に問うていた。

「誓います」

はっきりと通る声でそう言った律に、私の胸は大きく音を立て、とっさに律のほうを向いていた。

律は背筋を伸ばし、まっすぐ真剣なまなざしで牧師のほうを向いている。

こういうときまで全く動じない彼は心からすごいと思う。

これまで弁護士としても数々の修羅場を乗り越えているからこそだろう。

結婚式はさすがに初めてだろうが、人前で堂々と発言する、という点においては職業柄、あたり前のようにそうしているのが窺《うかが》える。

この宣誓が、嘘《うそ》であろうが、ハッタリであろうが、律には関係ないのだ。

しかし私は、みんなの前で堂々と愛を誓えるのだろうか。

「新婦、美海」

自分の名前が呼ばれて、胸が限界まで大きく音を立てる。

「その健やかなるときも、病めるときも、夏目律を夫として生涯愛し続けることを誓います？」

生涯、という言葉に戸惑い息が詰まる。

それは一生、という意味だ。

もし生涯愛せなかったら、何かあとで罰を受けるのだろうか。どんな罰だろう。

できれば痛いことは勘弁してほしい。

（嘘ついたら何されるの？　そっちを教えて、神様）

頭の中にぽわんと律のような顔面の神様が現れて、そんなの知らねーよ、と口悪く言ったのがとっさに想像できてしまい泣きそうになった。

そのせいで頭の中はパニック状態。

黙って固まる私に、会場がざわつき始めた。

そのとき、ふいに律が大きな手で私の背を撫《な》でる。

大丈夫、というように優しく。

その感触に、私はハッと我に返った。

（どんな理由があっても、結婚するのを決めたのは私だ。それに今の時点でこの決断は間違ってない）

思いっきり息を吸い込むと口を開く。

「ち、誓いますっ」
少し声が裏返りながら、無事に愛を誓った。
それから、指輪の交換を終え、安堵《あんど》の息をつく。
「では、誓いのキスを」
ここからは、勝手に律がうまくやってくれるはずだ。
困ったときにはやたらと頼りになる律が『全部俺に任せとけ』と言っていたから。
それを裏付けるようにここまでも律の言う通りにしていたら、全部うまくいった。
そう、律は敵にさえ回さなければ、非常に心強い存在であり、信頼できる人間だ。
私にとって、大事な幼馴染であり、親友なのだ。
(親友の律を信じよう)
ヴェールが上げられ、律と目が合う。
式の前の打ち合わせ通り、キスは形だけ。
そう思ったとき、律の目が怪しく光った。
急に味方から反旗を翻された気がして、背中に冷たい汗が流れ、思わず足を引く。
そんな私の逃げ腰に、律の手が逃さないというように回った。
——何をしでかすつもりだ、律！

一章

「何考えてるの！　信じられない！」

結婚式を終えた夜、先に律が二人の新居となったマンションの一室に入る。

新居といっても元から律が住んでいた部屋で、そこに彼が手際よく私の荷物を運び入れただけだ。

一人で住んでいたはずなのに、都心の超高層マンションの最上階、さらに3ＳＬＤＫだなんて、律と私の生活水準は全く違うと突きつけられた気がした。ちなみに以前、私が住んでいたアパートは、ここから何駅も先の駅で、そこからさらに歩いて二十分もかかる1ＤＫだった。

私は怒りながら、律を追いかけて新居の室内に入る。

こちらを振り返りもしない律に、私の怒りは最高潮に達した。

「普通、するにしてもあんなバカみたいに濃厚なキスしない。しかも人前で！　みんな絶対わかってたでしょ。お父さんなんて、顔、真っ赤にしてたし！」

誓いのキスのとき、律と目が合った瞬間、嫌な予感がした。

それが当たったかのように、人前でありえないほど長くて、濃厚なキスを私にかましたのだ。

もう完全に頭が真っ白になった私に、律はさらに調子に乗って、後頭部を左手で捉え、二回目までしたのは今すぐ忘れ去りたい事実だ。

ついでに言えば、それは私の記憶にある中で、律と交わした初めてのキスだった。

つまりは律とのファーストキスとセカンドキスだったのだ。

（それが、なんであんなことに……）

そう思ってみても、時は元には戻らないし、結婚式のやり直しなんてできない。むしろやり直しなんて絶対したくない。

「問題ない」

律ははっきりそう告げると、まだ片づけきれていない引っ越しの段ボールを捌《さば》きだす。私はムッと口を結んで、律の大きな背中を見ていた。

律の辞書には『謝罪』の二文字は記されていなかったと今更ながら気づく。

お願いだから、平和な同居生活のためにも、今すぐ辞書に謝罪という文字を付け加えていただきたい。

今、律の辞書に並ぶ『しゃ』の文字たちは、弱肉強食、射撃、邪険あたりだ。

想像しながら、律はなんて辞書を持っているのだろう、と泣きそうになった。

そんな人でも書類上は、私の夫になった男なのだ。

「問題大ありでしょう!」

私が叫ぶと、律は大きくため息をついた。その反応にまたムッとしたとき、律は立ち上がって、私のほうをくるりと振り向く。そして威圧的な態度で私を見下ろした。

身長の高い律は、そんなに身長が低くないはずの私を見下ろせてしまう。

こんなに無駄に高い身長は、今すぐ縮んでしまえばいいのに。

「何よっ」

私はあぁん? と不良がするような具合に腰に手を当てたうえで、下から上に向けて律を睨《にら》みつけ、できるだけ低い声で言う。

そんな私の精一杯の態度をものともせず、律は私の頬を右手で挟んだ。

「もし問題があるとすれば覚悟の問題だ」

「ふぉのふぉうしょせいふぁふに」

「何言ってるのかわからないな」

律が口角を上げて笑っている。

(小学生のいじめっ子か!)

「ふぁなふぃふぇ！」

離して、とパシンと律の手を払いのけて、律をもう一度睨みつける。

今、この幼馴染に弱みを見せるのは嫌だった。何事もハジメが肝心なのだ。

「この同居生活に、覚悟なんて必要ない」

「何が同居生活だ。新婚生活の間違いだろ。俺の妻になる覚悟ができていないなら、今、覚悟しろ」

突然、律の顔が目の前に来る。

「……ひゃっ！」

大きな声が出そうになって、慌てて自分の手で自分の口を押さえる。

そして、そんなことで焦ってない、という表情を無理矢理作った。

律と結婚だけはしたものの、間違いなくこれは幼馴染同士の同居生活だ。

同居生活なのだが……まだ律に大きな『隠しごと』を一つしたままである事実が、私の悩みでもあった。

その秘密を伝える勇気が出るまで当分は隠そうと決意したものだから、普段から余計に律に動揺を悟られないようにしなければならない。

私はできるだけ冷静な声で言う。

「妻って言われても書類上だけでしょ。そもそもこれは、そんな結婚じゃないって。ただの友人同士の同居で——」

「何度もくだらない冗談を言うな」

律が怒ったように眉を寄せて、私の言葉を遮る。

そのいつもより二オクターブほど低い声に、思わず腰が引けてしまう。

(なんで律が怒ってるのよ。怒っていたのは私のほうなのに)

できるだけ気丈にしようと律を睨みつけたけど、睨み返された一瞬で身が縮み上がり、涙目になるのが自分でもわかった。

そんな私を見て、律はまた大きく息を吐く。

まるで、呆《あき》れてモノも言えない、とでもいうように。

「な、何よ……」

「誰がこの提案を飲んだ?」

「わ、私だけど」

「断る道も用意したよな?」

「でも、今考えてみたら提案っていうよりむしろ脅《おど》し? 騙《だま》されたような気もするし」

律は再度息を吐いて、それから私をじっと見つめる。

間近で見つめられただけで一瞬胸がドキリとしたけど、感じないふりをした。

律はぴしゃりと告げる。

「バカか。俺はあのとき、法律上夫婦になる、つまり結婚するってきちんと言ったはずだろ。その提案に美海は乗った。美海が婚姻届けに自ら納得し署名して提出、受理された時点で法的にも婚姻関係は有効だ。だから、普通の夫婦がすることをしただけだ」

確かに今朝、結婚式の前に婚姻届けを記入し、提出してきた。

だから私たちは法的にも間違いなく夫婦だ。夫婦なのだけど――。

「だからってあんなこと」

思い出して頬が熱くなったので、それを隠すために下を向いてつぶやく。

話題に出すのも恥ずかしいが、式での濃いキスの件では文句が言い足りない。

「あんなの、普通の夫婦がすることじゃないでしょう。そもそも普通の夫婦はあんなのわざわざ人前でしないし。友だちならもっとそう！」

そう言った瞬間、顎《あご》を掴《つか》まれ引き寄せられると唇同士が触れた。

慌ててそれを止めようとしたけど、時すでに遅し。あたり前のように頭の後ろを押さえられて、結婚式と同じようなキスが強制的に執行される。

律の熱が唇から全身に伝わっていく気がした。

先ほどは人前で恥ずかしい思いをしたが、二人きりのときのほうがもっと恥ずかしいことに、今更気づく。

これは、誰に見せるアクションでもないキスなのだ。

本当ならする必要もないキス。

だからこそ、やけに恥ずかしくて、逃げたくなる。

息が苦しくなって、律の背中を思いっきり叩いたけど彼はやめてくれない。

暴れても、泣きそうになっても、いっそ泣いても、律はやめてくれなかった。

いよいよこれはただの嫌がらせなのではないかと思いかけたところで、律の唇からやっと解放される。

次の瞬間、視界がぼやけて、腰が抜けたのかズルズルとその場に座り込んでいた。

「な、な、何すんのよ……」

自分から腑抜《ふぬ》けた声が漏れる。

律は屈み込んで私に視線を合わせると、シレリとした顔できっぱりと告げる。

「お望み通り、人前ではないキスだ」

「の、望んでないっ」

そう言ってやっと我に返ると、ゴシゴシと唇を拭った。

おかしい。

こんなの二人きりのときにするなんて、それこそ友だちのすることではない。

律は私の手を掴むと、唇が切れるからもうするな、と睨んだ。

「そもそも、友だちってなんだ」

「友だちでしょ。律が言ったのよ。『気心も知れてるし、一緒に住むにも問題ない』って。だから男友だちと同居しているとでも思って過ごしてくれないかな。私もそうでないと困る。キ、キスとかも、もうやめて。結婚式も終わったし、もう、そういうふりをする必要もないでしょう？……ひゃっ！」

話している途中で、ぐい、と腕を引っ張られて、律の胸の中に収められた。

律の腕の中は、やけに熱くて、逞《たくま》しくて、嫌でも男の人に抱きしめられているという事実を私に教えているようだった。

「何が、男友だちだ。俺は最初から美海のことは女性としてしか見てない。どうやっても恋愛対象にしか見えない。だからあのときも、美海に欲情したし、抱いたんだ」

さらに、その狂暴なほど男を感じさせる言葉にガツンと頭を殴られる感覚がして思わず怯《ひる》む。

私がそのまま黙り込んでいると、律は私の両腕を持ち、自分の胸の中から少し私を離す。その少しの距離ができただけですごくホッとしていた。

律は私の顔をじっと見つめていたが、突然、ニヤリと口角を上げて笑う。

(またこのどうしようもなく嫌な予感のする顔……)

それが当たったかのように、律は続けた。

「せっかくだし、今から美海がわかるまでもっとこの続きをしようか。キスのあとの蕩《とろ》けた美海の顔に欲情していたからちょうどいい」

恐怖からか、背中にゾクゾクと悪寒が走る。

(そもそも蕩けた顔なんてしてませんけどぉぉおおお!)

思わず逃げようと律を押した。

なのに律は全く動かなくて、その事実も私に、彼は男の人なんだ、とわざわざ知らしめているような気がして泣きそうになる。

「じょ、冗談だよね」

「冗談かどうかはこれから自分で確かめろ」

私の腕を掴む律の手に力が籠もった。

律の顔との距離が十センチ、七センチ、五センチ……と縮まる。

それとともに、私の心拍数は限界まで速くなった。

律の吐息が唇にかかった瞬間、思わずぎゅうっと目を瞑《つむ》る。

「わ、わかったから。わかった！　私たちは普通の夫婦。だからもうやめてっ！」

そう思いきり叫んでいた。

（もう一度キスなんてされたらドキドキしすぎて耐えられない！）

真剣にそう思ったとき、ぴたり、と律が止まった気配がして、恐る恐る目を開く。

律と目が合った瞬間、目の前で急に彼が微笑《ほほえ》んだ。

その子どもみたいなクシャッとした笑顔を見て、やけに居心地が悪くなった。

（なんで今、そんな顔するのよ）

そんな律の表情の変化にいちいち動揺する自分にも嫌気がさす。

それを知ってか知らずか、律は私をさらに動揺させることを言うのだ。

「せっかくだし寝室も一緒にするか」

「絶対にイヤ。なにかしたら防犯ブザー鳴らすから！」

私は結婚祝いにもう一人の幼馴染から渡された防犯ブザーを見せる。

黄色と黒色でとげとげしい配色のそれは、かなり強力だから超安心よ、とその彼女がくれたものだ。

「なんでそんなもん用意してるんだ。よこせ」

「やだ！」

律が奪おうとするので避《よ》けようとしたらバランスを崩す。

私が転びそうになったところで、律が力強く私を抱きとめた。

せっかく抜け出した律の腕の中にもう一度収められる形になる。

「あぶなっ！」

「いやー！」

その男らしい熱い腕の中で完全に混乱し、勢いあまって防犯ブザーを鳴らしてしまう。

ビビビ……！　ととんでもなく大きな音がして、目を白黒させた。

律は素早くそれを奪って止め私を睨んだ。

律の後ろから、紫やら黒やらのオーラが放たれ、ゴゴゴ……と地獄の底から湧き出るような轟音が聞こえる気がする。

（絶対に怒ってる！）

律相手に防犯ブザーを鳴らしたのを怒られると思った。

しかし――。

「転びそうになるようなことはするな！」

律は思ってもいなかった方向から私を叱《しか》りつけたのだった。

とはいえ、やっぱり律が怒ると怖くて、ぶるぶると勝手に身体が震える。

私はこれからどうやってこの怖い幼馴染と新婚生活を過ごしていくか、そして私の秘密をどうやってこの男友だちに告げるか、一日目から不安に思っていた。

二章

その二か月ほど前には、私と律が結婚するなんて全く想像していなかった。

私にとって律は本当にただの男友だちで、ただの幼馴染だったのだ。

律は、口は悪いくせにやたら面倒見だけは良くて、愚痴でもなんでも、私の話をよく聞いてくれたし、しょうもない相談でも必ず乗ってくれた。

猫を拾っちゃった、定期券を落とした、新幹線で寝てて乗り過ごした、などのほんの小さな困りごとすら律に相談すればすぐに解決方法を教えてくれた。

律自身も『困ったときは一人で悩むな。何かあれば必ずすぐに相談するように。バカみたいに遠慮して隠そうとするなら、それがバレたときはそれ相応の覚悟をしとけよ』と、私を強く脅して、いや、言いきかせてたこともある。

遠慮して隠そうとなんてしようものなら、むしろガッチリ怒られる始末だ。

一度、会社の取引先との飲み会で、先方の部長が私と二人きりで飲みに行きたいと言い張って、頑張ってみたものの断りきれず、ギリギリになって会社の村野裕太《むらのゆうた》先輩に泣きついた過去がある。

そのときも律の顔をすぐに思い浮かべたのだが、完全に会社での案件だったので村野先輩に相談したのだ。先輩はうまく立ち回ってくれて解決した。

したのだけど、律はそれをどこから聞いたのか、私を呼び出すと、『どうして俺に言わなかった』『ホウレンソウの基本がなっていないんじゃないか』などとこっぴどく私を詰めた。その口調が怖すぎて泣いた。

幼馴染というよりパワハラ上司、そして私は律の部下で下僕。

普段はそこまでではないのだが、律が怒ると本当に怖い。

だからこそ律に秘密にしていたことがバレて怒られて以来、律に対して秘密の類《たぐい》を持てなくなった。

といっても、律は律でそんな手のかかる下僕的幼馴染を持ちながら、しっかり彼女もいた。

さらに、それがとんでもない美人だったので、私なんかは彼女としてはお呼びではない状態だったのだ。

つまり何が言いたいかというと、それまでの私たちは幼馴染以上の関係では絶対になかったということだ。

その日は確か、小雨が降っていた。

朝から情報番組の星占いは最下位、出勤直前にストッキングを引っかけて伝線させ、クロ猫親子が目の前をにゃーにゃー横切り、電車が遅れて到着したのに人ごみに押されて二本も見送るはめになり、会社に遅刻ギリギリでついてみると、隣のチームで大きなミスが発覚していた。

さらにそのミスの相手が苦手な取引先の課長で、たまたまそのクレーム電話を取ったのが自分であったのが運の尽き。

相手は途切れる間もなくそのままクレームを言い続けた。相手の滑舌が悪すぎて宇宙語にしか聞こえない中、クドクド一時間ほど電話で説教を食らい、『はい』『申し訳ございません』と繰り返し言い続けた。

そのせいで意識が朦朧《もうろう》としたところで、どう聞いても「オウファントムフィットネス！」と相手が言った気がして、全く意味がわからないまま、『はい！　申し訳ございません！』とそれまで以上に勢いよく謝った。しかしそれが「お前、ちゃんと聞いてないだろ！」と言ったらしい話だったものだから、相手の怒りが倍増してしまい、プラス一時間半、合計二時間半もの説教となったのだ。

やっと相手が落ち着いたところで電話を切ったら、ランチの時間はとっくに過ぎ去っていて、社食に行ってみれば社食のメニューはあらかた出払ったあと。残っていたのは昨日まで三日家で朝晩食べ続けたカレーだけで、泣く泣くカレーを選択。

カレーの食べすぎのせいかカレー臭が自分から漂う中、さらなるトラブル対応に駆り出され、本日やらねばならない仕事をこなせないまま業務終了時刻になった。

もちろん、そこから自分の仕事に手を付け始めることになる。

（完全に厄日だ）

これまでの経緯からそう思うのは無理もない。

しかしそれだけで終わるほど、私の厄日は甘くなかった。

その日約束していたデートには行けないだろうと踏んで、一か月前から付き合いだした彼氏に、今日は会えない旨のメールを送れば、一時間以上返信はナシ。

そうこうしているうちに天気予報にない小雨が降ってきていると気づいて、気になった私は仕事を途中で切り上げ、彼氏との待ち合わせ場所に走って向かった。

向かう途中、朝、必死に巻いた髪がまっすぐになったところで事件は起こった。

なんと、その返信のなかった彼氏の山田《やまだ》さんが知らない女とラブホテルから出てきたのだ。

問いただしてみた結果、自分が振られる、というオマケつきだ。

朝からの不運な流れで嫌な予感はしていた。
していたけど……、私、こと、法上美海《ほうじょうみう》二十九歳、某結婚情報誌など手に取って
ガンガンに結婚を意識していた相手との交際の破局は、悪夢以外の何物でもなかった。
その浮気発覚事件から一時間、私はもう一人の幼馴染で親友が経営している焼き鳥
『ヤマト』にいた。ここは私の心の拠《よ》り所《どころ》だ。
私はそこで、間違いなくいつも以上に飲んでいた。飲んだくれていた。今日飲んだ
くれないでいつ飲んだくれるのだ、と思いながら飲んでいた。
最初に飲み終えたビールジョッキをドンとカウンターに置く。
「おかわりっ！　あとネギマと、皮とハツ」
勢いよく目の前にいる親友・大和初実《やまとはつみ》に言った。
焼き鳥屋の娘だから『ハツミ』なんて名づけられて最悪だし、絶対実家の焼き鳥屋
なんて継いでやるもんか、と学生時代は散々言っていたけど、結局客商売に向いてい
る人当たりのいい初実は、たちまち店の看板娘となり、ファンを増やし、ついでに新
メニューも増やして、傾きかけた経営を軌道に乗せた立役者だ。
半年前には本格的に初実中心に店を経営していくと決まった。

この前、才色兼備な焼き鳥店経営者だかなんだかのテレビ取材も受けていたせいか、今日はいつもよりさらに店内の客入りは多い。

「ちょっと、美海飲みすぎ。潰れないでよ」

冷たい声で初実が言う。

初実は、他のお客さんにはすこぶる優しいくせに私には非常に厳しい。

親友だからこその辛辣《しんらつ》な物言いだと思っているのだけど、この性格は私の『もう一人の幼馴染』と私以上にウマが合うところも影響していると思う。

「潰れたら二階の初実の部屋で寝かせておいてよ」

焼き鳥ヤマトは、一階に店舗があり、二階は初実と父親が暮らす住まいだ。

私が言うと、初実は本当に嫌そうに眉を寄せる。

「イヤよ。美海って寝言がうるさすぎて寝れないもん。それにプライベートでまであんたの愚痴なんて聞きたくないわよ」

「ひ、ひどい……！　こんな話聞いてくれるのは初実だけなのに」

「私も商売だからよ」

「商売ならもっと優しくしてぇえええええ」

私が言うなり、初実はニコリと笑って、ドン、とビールを私の目の前に置く。

「はい、おかわりどうぞ。オキャクサマ」

「そんな他人行儀な」

「浮気されて振られたって？　この前連れてきた怪しい男でしょ。むしろよかったわ。とにかく今忙しいから、これ静かに飲んどきなさい。営業、邪魔するんじゃないわよ」

「うぅ、親友がひどい……」

普段なら気にもならない親友のキツい言い方も、今日の私には傷口に塩だ。私がナメクジなら、もう完全に溶けているレベルだ。

泣きながらビールに口をつける。グビグビグビ、と一気に喉に流し込んだ。

「おかわりっ！」

「全く」

親友の呆れた声が降ってくる。

いいじゃないのよ、飲ませてくれよ。こっちは傷心したてホヤホヤなんだから。

家に帰って、狭いリビング（という名の和室）のローテーブルの上にある、やたら付箋のついた某結婚情報誌を素面《しらふ》で見る勇気はまだない。

そのとき、ガラガラ、と店の扉の開く音が背中側からする。

「いらっしゃいませ！　あ、よかった。待ってたよ！」

初実の嬉《うれ》しそうな声が響いた。

(まさか、初実の新しい彼氏とかじゃないよね)

初実は今こそ彼氏はいないけど、かなりモテる。

さらに国会議事堂、裁判所、総合病院など、店周辺の立地にも影響されているのか、初実に言い寄ってくるのは世に言うハイスペックイケメンというやつばかりだ。

初実が告白されること数知れず、初実は思い立ったように時々誰かと付き合っては、超ラブラブなところを見せつけてくる。

なんて、うらやましいモテ人生を送っているのだろう。

小学校から大学までずっと一緒だったはずなのに、どこでこんなに道が変わってしまったのか不思議で仕方がない。しかし、とふと思い返してみれば、初実は小学生の頃からモテていたので、変わったわけではないようだ。

(でも、もし彼氏だとしても今だけは見せつけないでほしい)

そう思ったとき、ドカッ、と不躾《ぶしつけ》にスーツ姿の男が右隣の席に座った。

その座り方と、ちらりと見える高級そうなスーツの素材には嫌というほど見覚えがある。先ほどまでの悲しみの感情が、ガラリと焦りや恐怖に変わる音が聞こえた。

そしてその音はグワングワンと私の頭の中に広がる。

お願いだから違う人であってくれ、と強く祈ってしまった。

「今回何も聞いてないけど」

「美海、なんで黙ってたの？」

無慈悲にも、超がつくほど聞き覚えのある不機嫌そうな男の声が隣から聞こえた。

続けたのは初実だ。

私はその声が、悪夢だ、と思って、隙を見て逃げ出すことと、それまで絶対に隣を見ないことを決めた。

間違いなく、これが本日最後の厄災《やくさい》だ。

今日はとことん神様が私をいじめると決めたのだろう。

「ウーロン茶」

隣の男は言う。

そもそも、こんな店に来てなんでウーロン茶なのだ。

決して飲めないわけではないはずなのに、大抵いつもソフトドリンクを頼む。

ウーロン茶は私のおかわりのビールより早く届けられた。

「ありがとう、律。これオゴリ」

その初実の声で、男の正体が確定してしまって、大きなため息をつく。

隣にいるのは、毒舌・俺様でお馴染みの私のもう一人の幼馴染・夏目律だ。

(なんでいつもタイミングよく現れるのよ!)

私が泣きそうになっているというのに、律はいつもの調子で初実に、「何か適当に食うもの出してくれ」と告げる。

はーい、と初実の明るい声が店内に響いた。

私は左手で自分の鞄《かばん》を掴んでそっと立ち上がる。

「では、ごゆっくりドウゾ」

そう言って逃げようとした次の瞬間、右手首を、確保! と言わんばかりにガシッと強く掴まれ、強制的にもう一度椅子に座らされた。

「では、ゆっくり話を聞きましょうか?」

地を這《は》うような声でそう言われれば、ハイッ、と小さく返事するしかなかった。

初実がさらに残るように輪をかける。

「美海、おかわりもまだ出してないよ。今用意してるのに」

これはもう飲んで飲んで飲みまくるしか道は残されていないようだ。

「じゃ、早くおかわり出してよっ」

諦め混じりに泣きそうな声で叫ぶ。

「はいはい」

さっきの律への返事と、私への返事の差はなんだ、と思うような声が返ってきた。

ただ、今そんな声にツッコんでいる場合ではない。非常に、よろしくない空気が私と律との間を漂っていた。重い空気選手権があればきっとぶっちぎりで優勝だ。

その優勝確定の空気を壊すように、初実がおかわりのビールを持ってきて、私の前に置く。

「はい、お待たせ。美海、律に感謝しなさいよね。あんたの話をまじめに聞いてくれるのなんて律くらいでしょ」

「律はね、話を聞いてくれてるんじゃないの。私のこと、全力でバカにしたいだけなの」

「美海のことはバカだとは思ってるが、バカにしたいわけじゃない」

律はきっぱりと言い放った。それの何がどう違うのかわからない。

「でも普通ね、律に相談しようものなら、一時間でいくらかかるか知ってる？　弁護士の相談料、さらに律でプラスアルファ。最低でも数万かかるわよ？　幼馴染のよしみっていいわね」

初実は加える。それは確かだけど……。

しかし、幼馴染のよしみとしてありがたがれるのは、私が律に相談したいと思っている場合だ。

今回の場合、私は律に相談したい、だなんて一ミリも思っていなかった。

だからこそ隠していて、結局隠しごとがバレるような事態になっているのだ。

私の隣では、すでにものすごく不穏な空気を漂わせながら、律がウーロン茶を飲んでいた。ゴクゴクと普段あまり立てない音まで立てて豪快に飲んでいた。

その律の様子に、私までも喉がカラカラになってしまい、喉を潤すためにビールをもう一度ごくりと飲み込む。

不思議と全く酔えない。先ほどまでのほのかな酔いまで醒《さ》めていた。

「で？　なんで今回は黙ってたの？　法上さん」

「う……」

（やっぱり怒ってる。かなり怒ってる！）

最高潮に怒っているときの律は、私を名字で呼ぶのだから、そうされると余計に心臓に悪くて仕方ない。

律は本当に隠しごとの類を嫌うからこそだが、今回に限っては私もいろいろ考えた結果だ。――結果なのだけど、今すでに後悔し始めている。

大学時代、律に助けてもらったとき、『困ったときは一人で悩むな。何かあれば必ずすぐに相談するように。バカみたいに遠慮して隠そうとするなら、それがバレたときはそれ相応の覚悟をしとけよ』と言われ、それにはあるときから付け加えられた言葉がある。

『隠されて問題が大きくなると俺も困るし、美海のお母さんにも顔向けできないから』というものだ。

なぜ律が私の母に顔向けできないのか不思議で仕方ないけど、私にとって母は鬼門なので、詳しくは聞かないようにしている。

しかし、聞いていなかったとしても、律とうちの母の仲が悪くないことはわかる。

多分二人はタイプが似ているのだ。私の母も怒らせると閻魔《えんま》大王より怖い。閻魔大王に会ってはいないが、たぶんそれよりは断然怖い。

律は律で、怒ったときには声を荒らげず、むしろ声がやたらと低く冷たくなる。

せめて声を荒らげてくれれば怖くはないのに、威圧感たっぷりに紫やら黒やらのオーラを放って淡々と詰め寄ってくる様は、想像するだけで背筋が凍る。

「さ、さすがに二度もあんなことがあって、三度目は報告をためらうの」

誤魔化すように、言い訳まじりに律に言う。

なんで私が言い訳しなきゃいけないのか、と思うのだけど、不機嫌な律を見ると、脳から自動で口に命令が行くらしく口が勝手に動くのだ。

「美海にも恥ずかしいとかそういう感情あるんだ」

「も、もちろんあるわよっ」

私は渇く喉にもう一度ビールを流し込む。

「ふうん。それだけとも思えないけど」

律が不機嫌に私の前に顔を出し、私の目をじっと見た。

「ひっ……！」

その律の目は、目だけで人を撃ち殺せると思うくらい鋭い。

結婚もできないまま死にたくない、と思って視線を逸《そ》らすと、律がドンと私の前のテーブルを叩《たた》く。

「目も合わさないなんていい度胸してるな」

脅しじみた言葉まで聞こえて、肝が冷えた。

(律って、弁護士よりヤミ金の取り立てのほうが似合ってますよね？)

本気でそんなふうに思う。

私の会社の女子たちも、時々颯爽《さっそう》と現れる顧問弁護士の律にキャーキャーと騒いでいるけど、この、いつでも人を撃ち殺せますよ、といった目を一度正面切って見てみてほしいものだ。慣れていない人間は十中八九失禁する。今の私は、自分が失禁しなかっただけ、自分を褒めてやりたかった。

そんな状態だったのに、そのまぐい、と顎を持たれ、無理矢理に律のほうを向かされる。

脅すように目を細められると、勝手に瞳が潤む。

「いつも通り、告白されて付き合ってすぐ振られたってことでいい？　まさか、他に何かしたとかないよな」

詰めるようにそう言われて口を噤《つぐ》んだ。

さらにもう一度「いつも通り、だろ？」と畳みかけるように問われる。

う……と口から出かけて、ビールと一緒に飲み込んだ。

「確かにいつも通り振られたけど」

それでも今回はいつも通りではなく、少しだけ違う。

そう思いながら、またビールを呷《あお》った。

そして黙ったまま、目の前に置かれた焼き鳥を頬張る。

その瞬間、口の中に鶏肉の旨味《うまみ》が広がった。

焼け具合もいつもながら完璧すぎる。少し泣けたのは、おいしすぎたからだ。自分が情けないのもあったのかもしれない。

そうだ、私は自分で自分が情けないのだ。

(こんな二十九歳になるはずじゃなかったのにな)

周りを見渡してみれば、焼き鳥屋の経営者として完璧な初実、そして弁護士として大活躍中の律がいて、二人とも仕事もプライベートもかなり充実している。

焼き鳥屋を大繁盛させていながら、ハイスペイケメンたちにモテまくっている初実はもとより、律だって私の会社の女子たちから、噂《うわさ》を聞かない日はないくらいモテている。しかも私の会社は、律にとって数多《あまた》ある顧問契約先のうちのたった一社だ。

律がモテるのも今に始まったわけではない。確か中学のときにはすでに律はモテていた。中学のときから美人な彼女もいたとはっきり記憶している。

本当に嫌みなやつだ。今だって全く女に不自由していない。

腹の立つことに、律は仕事まで充実していて、父親の経営する日本有数の法律事務所で副所長として働いている。その活躍ぶりは法律を知らない素人の私でも、経済誌の特集などで目にすることがある。

つまり初実と律は、二十九歳という年齢に十分なほど、華麗な大人に成長しきっているのだ。

しかし、そのような幼馴染に比べて私には自分でも驚くほど何もない。

勤務先は中堅広告会社の事務職。必死に就活してなんとか滑り込むように入社したのだが、律の法律事務所に比べるとかなり小さな規模の会社だ。

現在は広報部で社内広報事務を担当しているが、初実のように経営の中心にいるわけでもないし、同族経営の会社なので、今後もそのような未来は用意されていない。

そしてプライベートはというと、恋愛らしい恋愛は今の今まで一度もしたことがない。キスはおろか、手を握ったのすらこの半年で初めてだった。

そのわけは、男女関係に厳しすぎる母にあるのだけど、二十九にもなって親を言い訳にするのも恥ずかしいので、満を持して、半年前に自分から恋愛すると決めた。これは私にとって非常に大きな決断だった。

この半年、就活のときと同じように頑張って、頑張って、恋愛に励もうとしていた。励んでいたのだけど、残念なことに私はとんでもなく男運がなかった。

いや、男を見る目がない。それだけは潔く認めよう。

そのうえ、私自身、男性に対しての恐怖心も持ったままなので、男女関係においてそうそう簡単に進展しない状態だった。

恋をしようと思って付き合いだしても、恋愛の各段階でいちいち躓《つまず》いてしまい、うまく付き合い続けられなかったのだ。

一人目の彼氏は会社の別部署の木村《きむら》さんという男性だった。

突然告白され、初デートした次の日には『別れてくれ』とメールが来た。

理由を聞いても避けられ、三か月後にはゆるふわの新しい彼女を作っていた。

私がどういう失態をしたのか今でもわかっていないが、思い当たる節といえば、手をつなごうとした彼の手がやけに生々しく感じられて、跳ねのけたことくらいだ。

それを言ったら、初実には、確実にそのせいよ、手くらい握らせてやりなさいよ、と冷たく言い放たれ、律には、あっちの下心が手に出てたんだろ、と訳のわからないフォローをされた。

ただ、それからもその元カレと社内で顔を合わせるたびに、いちいち視線を大きく逸らされ、いたたまれない気持ちと、なんでそこまで避けられなければならないのかという多少の怒りを抱えて、次の彼氏は絶対に社内の人はやめようと心に決めた。

そして、完全に折れそうな自分の気持ちをギプスで固定して、会社の後輩に頼み込んで、私史上初の合コンを開催してもらった。

なんとその初めての合コンで、二人目の彼氏ができる。

近くの銀行に勤めるやり手銀行マンだ。

告白されたとき、全く畑違いの業種で、しかも草食系のような男性だったのでかなりいいと思った。初デートでは、以前の失敗も踏まえ、ぐっと我慢して手をつないでみたけど、十秒が限界だった。

そして、その初デートの次の日、やはり突然振られた。

二連続で初デートの次の日というのだから、すごいタイミングだ。

思い当たる節といえば、気持ち悪さのあまり、つないでいた手が尋常じゃなく汗ばんでしまった件だけど、やはりそれだろうか……。

汗ばむ女子は恋愛市場ではお呼びでないらしい。

しかし、それから少ししてどうしても気になってしまい、その人の勤めていた銀行にこっそり行ってみると、なんとその元カレは左遷され、離島に飛ばされていた。

ただ、今回は手をつないだのだからかなりの進歩といえるだろうし、きっと離島に私を連れていけないから泣く泣く私を振ったのだろうと思うことにした。

さすがにまだ離島についていくだけの勇気は私にはなかったし、彼もきっとそれがわかってた。きっとそうだろうと考え直す。

その日も泣きながらヤマトで飲んだら、初実には、十秒とかふざけてんの？　もっと我慢しなさいよ、とバッサリ切られ、律には、早めの左遷でよかったな、とフォローされた。やっぱりこれもフォローになっていなかった。

ただ、一人目のときも、二人目のときも、意気揚々と律に報告したのだ。

〈なんと彼氏ができました！〉

何かあれば必ず報告するという約束もあったし、半年前、この店で恋をしようと誓った私を全力でバカにして、そんなもの美海にできるはずないだろ、と無理だと決め込んだ律を見返したいのもあって報告した。

驚くだろうか……とワクワクしていたら、律からの返事はたいてい〈そう。相手、誰？〉と非常にあっさりしたものだった。

もっと驚いて、ひれ伏して、彼氏ができないと決めつけてごめんなさい、と泣いて謝ってほしかったのだが、そうしてくれなかった。

きっと虚偽だと疑われているのだろうと、〈同じ会社の総務の木村さん。すっごくかっこいいんだから！〉と写真までつけて教えてあげた。

なのに次の日になったらあっさり振られて、〈振られました〉と律にメッセージを送れば、別にどこにいるかも教えていないのに、すぐに律がこの店にやってきたのだ。

まぁこの店以外、私の行き場はないだろうからすぐわかったのだろうけど。

そんなとき、律はあまり話さなかったけど、変なフォローと、私の話を時々『バカだな』と言いながらも、ただ静かに振られるまでのいきさつを聞いてくれていた。

秘密にしたり隠したりすれば尋常じゃないくらい怒って怖いくせに、こうして素直に現状を報告して、愚痴を言ったり感傷に浸ったりする分には、律はとことん付き合ってくれる。

私は、この意地悪で、時々怖い幼馴染に確かに癒やされていたのだ。

そして問題の三人目、である。

今回に関していえば、律にはまだ始まりからも報告していなかった。

なぜ報告していなかったかというと、先ほども律にちらりと告げたが、もう二回も同じ過ちを繰り返していて恥ずかしかったのもある。

それにもう一つの大きな理由は、私にちょっとした自立心が芽生えたからだ。

それは、律を本気で狙っている女子たちがしていた彼の噂話が発端だった。

その噂によると、どうやら律は予想通りモテているようで、やれ女子アナだ、やれ女優だと、名だたる面々に告白され、ちぎっては投げ、ちぎっては投げ、といった具合で、これまで爛《ただ》れた大人の関係の数々を築いてきたという。

ただ、そんな律が真剣になったのが、律の秘書である相馬愛子《そうまあいこ》さんという女性。

これがかなりの美女で、律は相馬さんに夢中で、相馬さんも律に夢中で、律は今、外での遊びを自粛している……らしい。

私も一度、律と相馬さんらしき女性が一緒に歩いているところを目撃したが、確かにすごく美人でスタイルもよく、二人が並んで歩いていると、その空間だけ雑誌から飛び出してきたのではないかと錯覚するくらいに美しかった。

そして思った。

そんな素敵な彼女がいる律にいろいろと相談している私って世の中的には悪女ではないだろうか、と。

律は昔からの付き合いもあり、目の離せない下僕的幼馴染への親切心かもしれないけど、律の彼女からすると間違いなく気持ちのいいものではないだろう。

だからもうこれからは律を頼るのはやめて、自分でなんとかしようと思った。

どのみち私に彼氏や夫ができれば、困ったときに律に頼らなくてよくなるし。

『私は律から自立しよう！』

そう何かの標語みたいな決心をして、彼氏作りに一層邁進することになる。

会社の後輩に紹介してもらった婚活アプリまで導入して、一足飛びに結婚を夢見たりまでしていたのだ。

――しかし、その目論見は失敗に終わった。さらに今、隣にいる絶賛不機嫌な律を見て、その決意を今更ながら後悔している最中である。

「三人目っていつから付き合ってたんだ」

低い声のまま、尋問のような口調で問われる。

「い、一か月前から」

律に問われると、なんでも答えてしまう癖がある。なんでも答えすぎて怖いので、誤魔化すように「ほら、ちょうど律が出張で三週間いなかったでしょ」と慌てて加えた。それが言わなかった本当の理由ではないが、それを言い訳にしてみる。

「そうだけど、そういうことは出張中だろうが迷わず言え」

「でも……」

「でも、じゃない」

ピシャリと言われて、身が縮こまった。

別に報告は義務ではないはずだ。律は私の保護者でもなければ、上司でもない。もちろん彼氏でもない。出張先にまでそれを知らせるのもためらわれるのは確かだ。

それに、私は今、律から自立しようとしている。

律はこんな相談を受けず、相馬さん一筋でいたほうがいい。

女性関係に爛れていた律がやっと掴みかけている幸せに、私が亀裂を入れるわけにはいかないのだ。

ビールを飲んでちらりと律を見る。

(律って、いつの間にこんなに男らしくなったんだろう)

そんなふうに思っていた。

不機嫌だが鼻筋の通った精悍な顔立ちは、やはり男らしくてかっこいい。

あまり笑わなくなったのは大人になったからだろうか?

律の顔から視線を逸らすと、次は彼の手が目に入る。

節くれだった、しかし、すらりと長い指。

律はこの手で、あの美女と手をつないでいるのだろうか。

彼女の前だけでは、昔みたいに楽しそうに笑ったりするのかな。

(昔は私の前でもよく笑ってくれてたんだけどなぁ……)

そんな感傷に浸っていると、律が訝《いぶか》しげに声を上げる。

「なんだよ?」

「り、律はいいよね。モテるし」

慌てて言っていた。律はむすっとした顔をして答える。

「モテるのも面倒なんだぞ。いちいち告白されるのを断らなきゃならないし。恨《うら》みを買う場合だってある」

「嫌みもここまで来るといっそすがすがしい」

私はまたビールを呷った。

そのとき、律が私の目を捉えて切り込んできた。

「それで、今回はどんなやつだ。どこで出会った」

「う……」

律は眉を寄せる私に自分の皿の焼き鳥を差し出す。

「ほら、新メニューの『トリッキーニ』、やるから食えよ」

「何それ。トリッキーなの？　怖いんだけど」

「鳥とズッキーニの串だってさ」

「ん、おいひぃ」

食べてみるとズッキーニと焼き鳥の相性がばっちりだった。

新メニューも大抵は初実が考案している。初実は相変わらず天才だ。

ただし、ズッキーニが大きいので、すぐに食べきれない難点がある。

「ふぉんふぁいはふぉんふぁふ……」

「とりあえず全部食ってから喋《しゃべ》れ」

「うん」

ゴクンと飲み込んでおいしさに微笑むと、息を吐いて口を割った。

「後輩にね、婚活アプリ紹介してもらって」

「婚活アプリって……まさか、結婚するつもりだったのか？」

「そりゃ、できればしたいとは思うよ。二十九歳で付き合う人探すとき、そういうこと考えないほうがおかしいでしょ」

きっぱり言ってみたけど、これは後輩からの受け売りである。

持つべきものは女子力の高い後輩だ。

そう、と不機嫌そうな声が隣から聞こえたけど、気にせず続けた。

「彼、山田さんって言って商社勤務で見た目ちょっと派手だったんだけど、優しくてさ。結婚を前提に付き合ってほしいって言われて、はいって返事したの」

その日、浮かれまくって書店で結婚情報誌を買ったことは記憶に新しい。

「ふうん」

「山田さん、一人っ子でお母さん病気がちで。でもちゃんと支えてて偉いなぁって思ってた。病院とか仕事とかいろいろ忙しそうだったから、あっちから会いたいってときは、できるだけ会うようにしてた」

「何回デートした？」

「三回」

私が本当の回数を言うと、律は小さく息をのむ。

「……三回も。それから？」

「で、今日もデートの予定だったの。でも、仕事長引いて行けなくて」

「それで？」

「でも、今日はデートできないってメッセージ送っても返信ないし、もしかしてメッセージ見てなくて、ずっと待ち合わせ場所で待ってちゃいけないって思って走って、待ち合わせ場所に行って」

思い出しただけで辛《つら》い。

先ほどの場面がフラッシュバックして、唇を噛《か》んで続けた。

「そしたら他の女の子とラブホテルから出てきた」

あれはかなりの衝撃だった。

山田さんとは会った回数は少なかったけど、メッセージのやりとりは多かった。

〈美海ちゃんはそのままでいいんだよ〉〈優しい美海ちゃんが好きだよ〉なんてメッ

セージをたくさんくれて、癒やされたし、心は通じ合ってると思った。

きっとこの人なら、困ったときにも頼りになるだろうと思ったし、律から自立できる日も近いとも思った。思っていたのに……。

他の女の子とラブホテルから出てきた彼を見て、突然のことに頭が真っ白になった私は、『その女の子、誰?』と手が震えながらも不倫ドラマよろしくたずねてみた。

『美海にかまってもらえなくて、寂しかったから』

しかし、彼は当然のようにそう答えた。

これには、私のほうが言葉に詰まった。

『私そういう男の人無理だから』

『そうだね。僕ももう無理かなって思ってたから別れて』

事実は小説よりも奇なり。

終わりはなんともあっけないものだ。

「それって、そもそも美海のほうが浮気相手だったんだろ」

「そんなことない。結婚を前提にって話だったし」

「ほんとに結婚なんてするつもりだったのか? 美海が?」

「私だってそういうことを考える年ごろなの。律も考えたほうがいいよ。律はまだまだ遊びたいだろうけど、真剣に思ってる相手との結婚とかきちんと考えないと」

律はまっすぐ私を見つめて、それから真剣な顔で言い放つ。

「考えてるさ。ずっと」

そう言われてドキリとした。

(そっか、律、結婚を考えてたんだ。律みたいな人だから当然だよね)

でも本当に律が結婚したら、彼が遠くに行ってしまうようで寂しい気もした。

「ところで美海。そいつと何かしてないよな？　美海ができるわけないか」

律が、ない、と断言したように言う。

私はその物言いに思わずムッとして、きっぱりと答えた。

「そんなことないわよ」

隣で律が息をのむ。

その様子にハッとして、「いや、何もしてない」と誤魔化す。

(危ない危ない。律に知られて母にバレたら大変だ！)

しかし、律は私の目をじっと見て眉を動かした。

「嘘、だな」

律の声が絶対零度に冷える。思わず肩がビクリと跳ねた。

「本当のことを言え」

「や、やだよ！　お母さんに言うでしょ」

「言わない。だから素直に言え。したのか」

律は確信しているように言う。

私を誰よりも知る彼に、もう嘘はつけないだろうとため息をついた。

「……した」

恥ずかしさから、律の顔を見られないまま続けた。

「今回ははじめてしたの。だから今までと違うって思ってた」

だって、結婚を前提にって真摯に告白されて、その上、付き合って一か月よ。

会ったのは三回だったけど。

少し強引にキスされて驚いた。

そのまま身体《からだ》を触られそうになって、その先は思わず拒否した。

『そういうことは結婚してからじゃないとしちゃだめじゃない？』

そう言ったら彼はわかってくれたようで、それ以上はしなかった。

「本当に、したんだ」

「そうよ。律にはバカらしい話だろうけど」

でも、と焼き鳥の串を持ち上げ、それを見つめる。

私はそのキスをしても、心が動かなかった。

不思議と愛情めいたものが相手に湧かなかった。

一緒にいるとき、少しはドキドキしたし、恋してると思ってた。

なのに、実際にキスしてみると、相手に嫌悪感すら持ってしまったのだ。

そんな気持ちが伝わっていたのか、彼にはしっかりと浮気をされたのだけど……。

「ほんとバカ」

聞いたこともないくらい低い律の声。

律はやはり怒りを引《ひ》き摺《ず》っていた。

幼馴染だけあって、元カレの浮気に一緒に怒ってくれているのかもしれない。

「律……」

私がちょっと感動しながら名前を呼んだのに、律はさらに不機嫌に言った。

「美海はバカだ」

「わ、私？」

「美海以外に誰がいるんだ。そんなバカ」

「またバカって言った。もっと全力で慰めてよ！　かわいそうだね、とか言ってよ。

一応はじめての相手だったんだから！」

「カワイソウダネ」

「棒読み……」

自然と泣けてきた。今すぐ優しく慰めてくれる幼馴染が欲しい。

でも、忙しそうに動き回る初実も、隣でなんだか黒いオーラを放って怒っている律も、浮気されて振られた私を優しく慰めてはくれない。

泣きながらビールを呷る。

あ、なんだか頭くらくらしてきた。今日はちょっと飲みすぎた。

「まさかと思うけど、そいつに金貸したりしてないだろうな」

そう聞かれて、私はぼんやりする意識の中で口を開く。

「あげた。なけなしの二百万」

「はぁ？」

「え、何よ？」

突然、律が素っ頓狂な声を上げた。

「バカすぎる！　そんなのさっさと取り返せよ」

「元カレのお母さんの入院費と手術費だったの。だからどのみち手元にないって」

「あのな――」

「いいの。一応でも好きだと思った人だし、結婚も意識した人だし。そのお金で山田さんのお母さんが助かったならよかったって思った。少しは恋してたって思ったし」

「少し？　少しは好きくらいで、したのか」

「だって、もう私もいい年だし。結婚したいって言われたら浮かれるよ」

「バカが」

私はぐい、と最後のビールを飲み干すと、カウンターに突っ伏す。

「私の気持ちが違ったら、山田さんの気持ちも何か変わってたのかな」

お母さんに言われた通り、大事に大事に自分を守ってきた。

でも気づいたら周りはみんなもうあたり前に最後までしてて、そういう人ほど、仕事も恋愛もうまくいってた。律だってそのうちの一人だ。

みんなどうやって本気で人を好きになるんだろう。

もっと長く付き合えば、変わってきたのだろうか？

キスだって、一回きりだからわかりにくかったのだろうか？

もっと先までしていれば何か変わったのだろうか……？

「変わらないだろ。美海がただ騙されただけで」

律は不機嫌そうにきっぱりと言い放つ。

「騙されてないし。律にはわかんないよ！」

思わず叫んでいた。

「みんなも、律も、どんどん前に進んでくのに、私だけ全部うまくいかなくて。ずっと取り残された気がしてた。私は何やってもだめなんだよ」

「だから、少し好きくらいで、したのか」

律の怒ってる低い声が耳に届く。

「した？」

「『した』んだろ」

あぁ、キスのことね。

「うん、した」

隣で、律がごくりと息をのむ音が聞こえた気がしたけど、私はぼんやり考えていた。

今思えば大事なファーストキス、なんでしちゃったんだろう。

そりゃこんな年齢になって、初めてのキスとか、どうなんだろうって思うけどさ。

でも、こんな結果に終わるのなら、結婚まで守っていればよかった。

（やだ、泣きそう。むしろ泣いてる）

涙を拭おうとした瞬間、隣の律がガタンと勢いよく立ち上がった。

驚いて律を見上げる。

「それ、確かめさせて」

突然律がそんなことを言い出し、よくわからないまま、うん、と頷《うなず》いたら、律に手を引かれた。

大きく骨ばった手。強い力と熱すぎるくらいの体温。

まるでこれまでの彼氏全員の思い出を全部上書きしてくれるような手だと思った。

それに手を握られているのに嫌悪感は全くなくて、むしろ気持ちよくて、もっと握っていたいと思う。

そう思ってから、慌てて手を離そうとした。

「律は真剣に思ってる相手がいるんでしょ」

「あぁ」

「なら他の人と手なんてつないだらダメ。彼女だって――」

「彼女なんかいない。俺は美海の手を握りたいからこうしてるだけだ」

ぴしゃりと言われて、もう一度手を強く握られる。

そのとき私は、ふわふわする意識の中、久しぶりに律と手をつないだなぁと感じて、微笑んだ。

「こうして手をつなぐの小学生のときぶりだね」

「あぁ。あの頃とは、これからすることが随分違うけどな」

律の何かを決意したような声が耳の奥に届く。


次に気づいたときには、身体がやけに温かかった。

ぼんやりとまぶたを開けると目の前に律の顔がある。

「律……？」

「すまない、美海」

（なんで律が謝るの？）

長い幼馴染の歴史の中で律が謝ったなんて初めてで、意外すぎて驚いた。

もしかしてさっき私をバカにしたことだろうか。

「いいよ」

その後見た夢の続きは、昔の、律と初めて出会った日の夢だった。

三章

——夢だ。これだけは夢であってくれ。

次の日の朝、私は震えていた。

もちろん寒いからではない。室温は適温すぎるくらい適温だ。

そこは明らかに古びた私のアパートではないホテルの一室だった。

それも、時々出張で使っているような出張支給費ギリギリの安いホテルではなく、無駄にいい眺望と室内の広さ、全く隠しきれず溢《あふ》れ出《で》ている高級感。

ここはまさか、と一つの場所を思い出す。いつか泊まってみたいとホームページで見て憧れていた、都内の一等地にそびえ立つ帝都パラシオットホテルの高層階。

今はすがすがしいくらい明るい朝の風景が、部屋いっぱいに広がるガラス面からよく見える。きっと夜は夜景が一望できてかなり素敵だったことだろう。

しかし、もう朝だ。一生に一度ともいえる素敵な夜景を拝むチャンスを完全に見逃した。いや、それに関しては非常に悔しいが、いっそ今はどうでもいい。

最大の問題点は……私、ハダカ。

そして――。

ぎぎぎ、と顔を向ける。

隣にいたのは、律。

こちらもブランケットは被《かぶ》っているが裸に見える。

(何、これ。ドッキリ?)

ドッキリなら今すぐ、ドッキリでーすってレポーターがやってこないのはなぜだ。

いや、今来てもらっても困る。何せ裸だ。素っ裸だ。

そもそも律はさておき、私はそんなドッキリを仕掛けられるほど有名人ではない。

では、この状況、本当に何かやってしまったということ?

うそだうそだうそだ!

ありえないありえないありえないありえないありえない!

経験が全くないからよくわからないけど、普通、そういう初めては痛いだとかとにかくいろいろとあるはずだ。

でもふわふわする夢の中、もう覚えてはいないが、いい夢を見ていた。

なんならちょっと気持ちよかった。最初からそんな状態のはずはない。

それも経験ないからよくわからないけど。

なのに、感じたことのない違和感だけは自分の身体に確かに残っていた。

どうしよう。これって、律を起こして確かめたほうがいいのだろうか。

でも、本当にそうだと律に言われてしまったら、完璧に現実になってしまう。

そしてそうなってしまったときが怖い。とんでもなく怖い。

『結婚が決まるまで手さえ握らせるな！　妊娠するぞ！』

母の威圧的な声で、その教えがぐるぐると頭を回る。

(お母さん。美海は手どころか、いろいろな段階をすっ飛ばしたようです)

確かに恋愛するって決めたときは、手くらいは握ってもいいって思った。

母の教えを破って冒険しようって思っていた。

でも、母が言っていた真意は、手を握らせたらあとはズルズルいってしまう、という話だったのかもしれない。間違いなく、今その言葉通りになっているから。

律と手を握った事実だけは覚えている。

(だからこうなったの？)

とにかく逃げよう。

そう決意して、律を起こさないように、そっとベッドからの脱出を試みる。

そのときちょうどブランケットを剥いでしまい、律の裸体が目に入る。

律はやっぱり裸。しかも筋肉質。

(やだ、何見てるの私！)

後ろからだけど、下着ももちろんはいていないとも確認できてしまった。

男の人のお尻を見たのは幼稚園のときに、お風呂で父のお尻を見て以来だ。

叫び声を上げそうになるのをなんとか抑えながら、素早くブランケットを元に戻す。

これは夢、これは夢、これは夢、と三回唱えても夢であってくれない現実に眩暈《めまい》を覚えながら、ガクガクする足に鞭《むち》打って服を着てから自分の荷物を手繰り寄せる。

このホテル代としては絶対足りないだろうけど一万円と、メモ用紙に『忘れて！絶対秘密にして！』と書きなぐって出口に走る。

部屋から出る直前、ホテル代だけでなく口止め料というやつもいるのではないかと思い立ち、なけなしのプラス一万を置いて部屋を飛び出した。

ホテルが広すぎてエントランスまで何度も迷った。


ホテルとの差が顕著なボロアパートに戻って着替えると、そのまますぐに出社した。

私の勤める会社は、歴史だけはある中堅の広告会社だ。

その中で私の所属する広報部の業務は、広告会社としての世間的認知度を高める

『社外広報チーム』と、社内広報誌作成などの『社内広報チーム』に分かれていて、私は社内広報チームの事務を担当している。

入社四年目で総務部から広報部に異動になり、右も左もわからない状態だった私は、面倒見のいい三つ上の村野裕太先輩のおかげで早く業務に慣れることができた。

先輩も元は総務部だったので、最初から話しやすかったのも幸いした。

最近は、取材にも同行し、原稿チェックも任されるようになってきている。

出社後、私は先週出たばかりの社内広報誌『KOUHOU』を広げて固まっていた。

普段は全然捌《は》けないクセに、今月号の広報誌に限っては一瞬ですべて捌けてしまって在庫がこの一冊しかない。

高額でも買いたいと言う人が続出したプレミアム号となっている。

その理由は簡単で、特集として、半年前に会社の顧問弁護士となった夏目法律事務所副所長の夏目律の写真とインタビューが掲載されていたからだ。

広報誌の中の律を見て、また今朝がたの出来事を思い出して震えていた。

あれは、夢だ。

まさか律と私がそんなことするなんて信じられない。

ただ自分の身体は何かした確信があって、自分で自分が信じられなくなった。

今でも違和感たっぷりで腰は重いし、足の動きまでおかしい。

彼氏に浮気されたからって、あんな俺様幼馴染にハジメテを捧げるなんてどうかしている。

(完全にど・う・か・し・て・い・る！)

唯一の救いは、律があのとき彼女などいない、と言ったことだ。

でも律はモテる。つまり律は遊び人という情報のほうが正しかったのだろう。

問題は、そのときの状況が全くわからないことと、私も全く覚えていないその状況を母に報告されることだ。

律はなぜか私の母とつながりがある。それはもしかしたら、母は律の法律事務所近くの病院に勤める助産師なので、そこで何かよからぬつながりがあるのかもしれない。

助産師とつながりのあるモテ男だなんて、なんと恐ろしい冠だ。

どれだけ私生活が爛れているのだろう、と考えただけで震える。

ただし今回の場合、律も当事者なので母には言わないだろうと思う。

しかし一抹《いちまつ》の不安は残る。

もし万が一にでも、結婚の約束もしていない相手とそんなことをしてしまったと母に知られれば強制的に家に戻され、母の監視のもと花嫁修業をさせられる。

そのうえで母の気に入る人とお見合い結婚でもさせられかねない。

(それだけは絶対に嫌だ)

なぜかそう強く思っていた。

少し前まではとにかく誰かと結婚したい、と結婚情報誌を手に取っていたはずなのに不思議なものだ。

(律には絶対に母には黙っていてもらわないと)

そう思って広報誌を睨みつけるように見ていると、村野先輩が広報誌を覗《のぞ》き込《こ》む。

「夏目律先生ってさ、うちの女子社員だけでなく、狙ってる女たくさんいるよな。女に不自由してないなんて、うらやましい話だよなぁ」

私も本日、律のたくさんいる女のうちの一人に仲間入りしました、とは言えない。

そして、会員ナンバーが何番とも聞きたくない。

今すぐ宇宙船でもやってきて私と律の記憶を消去してくれないかと思っても、会社から見える空にユーフォーは見えない。

律の女性遍歴の一人になってしまったことはもう諦めるとして、母だけには絶対に秘密にしてもらおうと決意する。

決意してみると不思議と少し気持ちが楽になった。

考えてみれば、律はそういう爛れた関係に慣れているから、母に秘密にしてもらうくらいなんの問題もない話ではないか。

それに、記憶がほとんどないままハジメテを失ったのは非常に衝撃的な出来事ではあるが、私の場合、そうでもないと一生処女を守っていたように思うし、むしろちょうどいい機会だったのかもしれない。

そう納得した昼休み、机に入れていたスマホにとんでもない数の着信が入っていると気づいて怯《ひる》んだ。

〈着信履歴：律　二十四件〉

「二十四件って……」

そしてその律からの着信の合間、

〈着信履歴：お母さん　三件〉

と表示されていて、ぎょっとしてそれを見た。

〈律がもうお母さんに告げ口したとかないよね？〉

恐怖なのかなんなのかわからない感情で涙まで出てくる。

そのとき、ちょうど初実からメッセージが来た。

〈美海、昨日は大丈夫だった？〉

初実はすべてを見ていたはずだ。正直なところ、記憶があいまいになっている箇所も多い。まずは状況確認が最優先だろう。

意を決して、初実に昨日の自分の様子を聞くと決めた。

〈昨日、私、律に何かした？〉

〈ほんと大変だったのよ。泣いて慰めろって喚《わめ》いて〉

自分で聞いても相当ひどい。

〈律、相当怒ってたよ。今もあんたと連絡が取れないって怒り狂ってるから、ちゃんと律に謝りなよね〉

〈了解です〉と心境にそぐわないゆるふわのウサギのスタンプを送って呆然《ぼうぜん》とする。

〈律、怒ってたって。怒り狂ってるってぇぇぇぇ〉

着信二十四件にも納得だ。

もう泣きそう。いや、しっかり泣いてる。

なんでそんなに律が怒っているのかは知らないけど、むしろ知りたくもなかった。

〈私は一体、ナニをどうしたんだろう？〉

律が怒っている姿を想像するだけで震えた。

その理由が何にせよ、土下座する未来しか想像できない。

なのに、そのときふと、裸の律の背中に自分の腕を回して、強く彼に抱き着いた感触を思い出した。律の裸の身体は、すごく熱かった。

(なんて破廉恥な記憶!)

忘れようと頭を振っても、律の肌の感触と温度は抜けてくれない。

ボンと沸騰しそうなほど顔が熱くなる。

嘘でしょ、とつぶやいてみても、記憶がもう嘘にはなってくれない。

さらに悪いことに、背中に腕を回しただけでなく、律の背中に爪を立てた記憶までよみがえってきたのだ。

この記憶が正しければ、律の背中にはくっきりと私の爪の痕《あと》が残っている。

(のぉおおおおお!)

律が怒っているのは、たぶんそのせいだ。

大人の付き合いにそんな爪痕を残すなんてきっとルール違反だったのだ。

もしかしたら他にも何かやらかしてしまったのかもしれない。

これまでの彼氏に突然振られた理由がわからないように、律が怒っている理由も爪痕以外はさっぱりわからないが、きっと怒らせるようなことをしたのだろう。

私の頭の中には、怒り狂いながら私のスマホへ電話をかけ続ける律の顔だけが思い浮かんでいた。

それを想像すると、スマホを持つ手も、唇さえもガタガタと震えた。

人は恐怖が限界に達すると、寒くもないのにガタガタと震え続けるようだ。

そのとき、また律からの着信がある。

驚きでスマホを落としてしまい、スマホは一歩先にあの世へ行くことになった。

ただ、スマホ自体がなくなったのは、私の精神衛生上は非常によかった。

仕事で急ぎの用事は社用スマホにかかってくるので、正直私用スマホがなくなって律との連絡手段がなくなり、心からホッとしていたのだ。

これは問題の先延ばしだ。

わかってるけど、お願いだから今は先延ばしにさせてください、神様。

人の噂も七十五日。律の怒りもきっと七十五日経《た》てば収まるだろうと私は踏んだ。

（よし、あと七十四日、律に会わないように過ごそう。今までそれくらい会わないときもあったし、きっと大丈夫よね）

その日は帰って早めにベッドに入った。

壊れたスマホの修理は、もう少し先にすることを決めて目を瞑る。

精神的にも肉体的にも疲れていたのか、夢も見ずにぐっすり眠った。

次の日、とんでもないことが発覚するとも知らずに――。

翌日の朝、よく眠れたので気分がよくていつもより三十分ほど早く出社すると、私のデスクの横に律が立っていて卒倒しそうになった。

(そういえば、律は私の会社の顧問弁護士だった!)

今まで会社ではほとんどといっていいほど律に遭遇しなかったけど、律は私の会社には自由に出入りができる。

それが、私ののんきな頭の中からはすっかり抜けていたようだ。

方向転換しそのまま逃げようと思ったところで、あっさり律の大きな手に捕まり、奥にあるミーティングルームに連行された。

律は完全にお怒りの様子だ。

紫やら黒やら、どす黒い色のオーラがダダ洩《も》れている。

本人はそれを隠そうともしていない。

そのとき、その昔、私を痴漢して律に捕まった男が、律に詰められている場面を走馬灯のように思い出していた。

あのとき律は相当怒っていて、その凍てつくような瞳も、声も、初めてで驚いた。

そして今、まさか自分がその当事者になろうとは。
また寒くもないのに身体がガタガタと勝手に震えだす。
(これ、絶対に死亡フラグ立ってる!)
ミーティングルームに放り込まれ、律が目の前に不機嫌な顔を突きつけてくる。
端整な顔立ちの律はこのように眉が寄っていようが、間違いなくかっこいい。
しかし、今はそれよりも後ろから出ている怒りのオーラがすごくて、恐怖心が湧く。
怒った迫力のある律の目に、背中からまた悪寒が走った。
(はい、死んだ。私、確実に死んだ!)
最初によぎった走馬灯は、まさか死の前兆なの?
そう思って泣けてきたとき、律は突然、私の目の前に何かを差し出した。
突然のことに、ひゃ、と目を瞑る。
しかし律は黙ったままで、恐る恐る目を開くと差し出されたのは一枚の紙だった。
「まずさ、このメモはどういう意味?」
低い低い、地を這うような声が小さな部屋の中に響く。
見せられたのは、『忘れて! 絶対秘密にして!』と私の字で書かれたメモだった。
動揺していたのか、思った以上に震えた文字が紙の上で踊っている。

「ご、ごめんなさい」

「それ、何に対して謝っているのかを聞かせろ」

空気がピンと張り詰めるような声に背中が冷える。

私はそれでさらにパニックに陥った。

「だって律、怒ってるから」

「意味もわからず、相手が怒ってるから謝れば許してもらえるとでも？」

律の声がまた冷え込む。

（しまった。返事間違った！）

「あ、謝ったのは、律の電話に出られなかったから。そのメモは、母にはどうしても黙っていてほしくて、絶対秘密にしてって書いた」

慌ててそう言ってから、表情の変わらない律に不安になって探るように彼を見る。

「母には言ってないよね？　さすがにこんなこと……律が言うはずないよね？」

律は意地悪く目を細めて、私を見ると答えた。

「まだだ。まだ言ってない」

「まだ、って」

（言うつもりがあるの？）

背中から悪寒がして、泣きそうになる。

なのに律は口角を上げて笑った。

「美海のお母さん、あんなこと知ったらどれだけ怒るだろうな。いつも『結婚が決まるまで手さえ握らせるな！』って言ってたしな」

まるで他人事《ひとごと》のように言う律が怖い。

律の顔をちらりと見ると、決意して聞いていた。

「や、や、やっぱり、その。し、した？」

どうしても確かめたくなってしまったのだ。

（最後までしてなくてもアウトだろうけど、最後までしていない可能性だって……）

律は真顔になり、それを見て私はごくりと息をのむ。

「もちろんした、最後まで」

小さな希望を切り捨てるきっぱりとした回答に、なかったことにする気はない、と言われているみたいでまた泣きそうになった。

すると、律の声色がいつも通りに戻る。

「美海、自分でわからなかったのか？」

「朝からいろいろと違和感はあったし、少しは、覚えてるけど」

私が律に思いっきり抱き着いていたのと、爪を立てた感触、律の体温は嫌でも頭から消えてくれなかった。

それに詳しく言えはしないが、身体の違和感は今も続いている。

それだけで泣きそうだった。

そのとき、律は突然私の髪を撫でる。

驚いて律を見上げれば、彼は優しい目をして私に問う。

「身体は大丈夫だった？」

とろりと甘みのかかったその声に驚いた。

「……え？　あ、うん」

「美海。落ち着いて話を聞いてほしいんだけど」

次の瞬間、律はまた真剣な顔になっていた。

（もしかして、私もたくさんいる女のうちの一人って話かな。勘違いするなって？

そんな話、今、律の口から聞きたくない）

真面目な律の顔から視線を逸らして、言い訳をするように私の口はよく動いた。

「私、律のたくさんいる女のうちの一人ってことだよね。わかってる。忘れるよ。だから律も忘れて。ちゃんと忘れてくれるよね？」

「美海、ちょっと待て」

「じゃ、私、やっぱり何か律に迷惑かけた？　だから律怒ってるんだよね？　やっぱり慰謝料？　私何して謝ったらお母さんに黙っていてもらえるの？」

自分が何を言っているのかさえもわからなかった。

でも、あんなことがあったのに冷静な顔で私の前に立っている律を見ていると、不安がせり上がってくるようで、言葉が止まらなくなった。

「謝る必要なんてないから、きちんと話を聞け」

「律は私とは全然違うし、こんなこと慣れてるし、きっとすぐ忘れられて――」

「美海！」

そんなふうに怒って名前を呼びつけられたことはなくて、驚いて律を見る。

律は自分でも驚いた様子だったけど、一息つくと私に聞いた。

「美海は、あの夜のこと、なかったことにしたいのか？」

「うん。私には後悔しかない」

律をまっすぐ見つめるとそう答える。

それを聞いた瞬間、律の顔が苦しそうに歪《ゆが》んだ。

自分の言葉が彼を傷つけたように思って慌てる。

私は息を吸うと、大丈夫だよ、と無理矢理に笑った。
「あんなことあったけど、たった一回のことだしなかったことにできる。だから……
ひゃうっ！」
ダン、と顔の横にあった壁に手を置かれる。
それが怖すぎて、一瞬で我に返った。
（これ壁ドンだ。記念すべき初壁ドンだけど、失禁しそうなほど怖い！）
壁ドンって、もっと胸キュンするやつじゃないの？
「美海の気持ちは十分わかったから。もう、そろそろ黙って？」
律が低い声で言う。
私がいろいろと漏れそうなのを必死にこらえていると、律は深いため息をついた。
（それは、後悔のため息だろうか？）
胸がズキンと痛む。
律だって後悔してるよね。私とあんなことになって。
ごめん、と言いかけたとき、突然強い力で抱きしめられた。
「ひゃっ……！　ちょ、離して」
「俺は忘れない。なかったことには絶対にしない」

「そんなぁ」

我ながら情けない声が出る。

やっぱり母に言うつもりだろうか。

律はもう一度息を吐くと、私の耳元で囁《ささや》くように告げる。

「あれだけ我慢して、待ち望んで、やっとってところであんなこと聞いて、止められなかった」

(なんの話をしてるの?)

私が首を傾《かし》げると、律は続けた。

「美海さ、もう山田としてたんじゃなかったのか」

「へ?」

「あのとき、店でもう前の彼氏としたって言ってたよな」

「したって、キスのこと?」

「やっぱり」

何がやっぱりなのか全くわからない。

律は私を向き合わせ、まっすぐ私のほうを見ると、熱っぽい視線で私の目を捉える。

そうされると、律から目が離せなくなる。

ごくん、と息を飲んだとき、律ははっきりと言った。

「美海、きちんとあの夜の責任を取らせてくれ」

その言葉に首を傾げて、それから慌てて胸の前で手を横に振る。

「いや、責任とかじゃなくて、忘れて友だちに戻ってくれたらそれで」

「美海、まさか覚えてないのか？」

「え？　なんのこと？」

「俺が、避妊しないって言ったこと」

その言葉を聞いて、時が止まったかのように固まった。

なのに律はそのまま続ける。

「本当に覚えてないんだ」

「ひ、ヒニンって……」

「さすがに美海でも知ってると思うけど、避妊すれば子どもができる可能性はかなり下げられる。でも、今回はそれをしてない。妊娠してるって確信はないけど、可能性はあると思ってるし、もちろんその覚悟もしてる。責任も取る」

「う、うそでしょ」

律はあたり前のように、本当、と返してきた。

それから、そっと優しく労わるように、私の髪を撫でる。

「美海。だから——」

だから、の、その先は聞きたくなかった。

何を聞いても対応できない。

ましてや、それが後悔の言葉で、できていればおろしてくれなんて言われたらもう律の前に立っていられない。

その先を聞いてしまったら、今までの私たちの関係が完全に崩れると思ったのだ。

次は私が律の言葉を遮る。

「り、律。もう仕事始まるし、帰って！」

「美海」

「帰って！　大丈夫。大丈夫だから。もし、律が責任取りたいって言うなら、もう忘れてよ。全部なかったことにして忘れて。お母さんにも言わないで！　それだけ、お願い！　律」

まだ何か言いたげな律を追い出そうとして、動く気がないと判断すると、次は私が部屋を飛び出した。そしてそのまま女子トイレに逃げ込んだ。

そんな簡単に子どもなんてできるはずない。

でもそういうことをしてしまった今、律が言ったように可能性がないわけじゃない――。

それから数週間はどう過ごしたのか、どうやって仕事をしていたのか全くわからなかった。律は何度も私の会社に来たけれど、私は律を避け続けた。

現実と、律と、向き合うのが怖かった。

本でいろいろと調べて、検査できる時期が来てから妊娠検査薬を手に入れ、自分で検査した。

結果を見てもまだ信じられなかった私は、数日悩んだのちに会社を休んで自宅近くの小さな病院に向かう。

その病院からの帰り道、意を決して実家に電話をしていた。

四章

普段から実家に帰るのは少々気が重いのだけど、今日は特にそうだ。

実は今私が住んでいるアパートの老朽化が進んで取り壊されると決まり、退去日が迫っている。新しいアパートを契約するお金もないので、できれば当分は実家に戻って、ここから仕事に通いたいとお願いしなければならなかった。

ただ、戻るのはかなり気が重かった。

そして本来ならもう一つ両親に言わなければならない話もある。

しかし、それはタイミングを計って実家に戻ってから言うつもりだった。

つまりは、問題の先延ばしだ。

私の母は、昔からとんでもなく厳しく、そして押しが強い。

母の顔を思い浮かべるだけで震えるのは決して大げさな話ではない。

私は昔から母に反抗すらできなかった。母に反抗するだなんて、そんなことをすればどうなるかわからないし、妙な汗が止まらない。

母は産婦人科の助産師をしているせいか、いろいろな妊婦さんを目にしていて、

『結婚が決まるまで手さえ握らせるな！　妊娠するぞ！』と私に言い続けた。

その教えを、二十歳を過ぎても、二十五歳を過ぎても、私は堅実に守り続けた。

そして、男運が悪いのも相まって二十九歳まで処女だったというわけだ。

彼氏ができても絶対に母には内緒にして、と律には頼み込んでいたから、母はまだ私が誰とも付き合っていないと思っているだろう。

それが男とキスをしていたというだけでも卒倒しそうだし、結婚したわけでもなく、律とそういうことをしたとなれば怒り狂って止められなさそうだ。

（怖い、怖すぎる！）

ブルリと震えて、自宅のマンションを見上げる。

大きくそびえ立つそれが、とても威圧的に感じて背中に冷たい汗が流れた。

さらにこのマンションは律の実家でもあるのだから余計に心臓に悪い建物だ。

ちなみに、生活水準が全く違う我が実家と律の実家が、なぜ同じマンション内かというと、律たちが住んでいる部屋は、最上階一フロアぶち抜き。

もちろん賃貸なんかではなく、分譲部分。

対して、うちは二階の１ＬＤＫという、家族三人で住むにはかなり狭い賃貸部分で、そんな狭い賃貸ですら、父親の会社からの借り上げ社宅制度というものでそこに住めているといった具合だった。

律は小学校に入る前に母親が病気で亡くなり、父親と二人暮らしになって、たまたま我が家と同じマンションに引っ越してきた。

そこで、私の父親と律の父親が小・中学校時代の同級生だと知る。

ただし律の父親は、『夏目法律事務所』という日本有数の大きな法律事務所の所長で、対して私の父は小さな不動産会社の万年平社員。

同じマンションと言っても生活レベルが違いすぎるのだ。

それでも、小さな頃は生活レベルなんて全く気にせず律を遊びに誘っていた。

なんとなくいつも静かな律が気になってよく声をかけて連れ出していたのだ。

少し大きくなって物事がわかってくると、二人の違いにはっきりと気づいてしまって、さらに中学に入り律がモテだしたものだから、私と律との距離は一気に開いた。

思い出して大きくため息をつく。

まさかそんな関係であった律の子をお腹に宿した状態で、ここに帰ってくることになるなんて夢にも思わなかった。

――そう、私は妊娠していたのだ。

その日、母にも父にも、私が実家に帰ってきた理由はまだ告げていなかった。

「全く何回電話したと思ってるの！　スマホつながらないし、どうしたの！」

母はそう言いながら出迎えてくれた。母の勢いに押され謝る。

「ご、ごめん。スマホ壊れて」

「そんなのすぐに直しなさい。不便でしょうが！」

別に不便ではなかった。社用のスマホがあり社内の人とのやりとりは困らなかったし、普段からプライベートのスマホで連絡を取るのは幼馴染の初実と律、そして両親だけだったから、修理はまだもう少し先延ばしにしようと思っていたのだ。

しかし、母から強く言われると拒絶もできなくて、しぶしぶ頷いた。

母に急《せ》かされリビングに行くと、父がいて「おかえり」と微笑んでくれる。

父は昔から優しくて、私は父とのほうが波長が合っていた。

ただ、優しすぎて少し頼りないし、そんな性格だからこそ、私が中学のとき父は友人の借金を背負わされそうになったのだけど。

そのせいで、余計に母の心配症と私への圧力は増したような気がする。

そんな過去を思い出していると、母が、ドン、とリビングテーブルの上に薄い本のようなものの束を置いた。

「何これ？」

「お見合い写真」

「お見合い写真！」

私が驚いてリピートすると、母はニコリと笑った。

写真は少なく見繕っても十枚以上はありそうだ。

（一体どこからこんなに集めてきたの、お母さん！）

母はずっと、お見合いだと相手の素性もしっかりわかって安心ね、と言っていた。

でも、まさか本気でこんなに集めてくるとは思ってもなかった。

「あ、あの、お母さん……？」

何から話せばいいのかと悩んで、とにかくうちに帰りたいと言おうと決める。

話す順序は全く思いつかないし、とことん激怒され絞られる未来しか見えない。

（こんなとき、どうやって報告すればいいか律に相談できたらなぁ）

あたり前のようにそう思って、それはだめだろう、と思い直す。

しかしこれまでの経験のせいか、少し困った事態になれば、律の顔がポンと思い浮かぶようになっているのだ。

慣れとは恐ろしいものである。

「美海はお父さんに似て昔から騙されやすいでしょ。だから、変な男にお金貢いだり、変な男に弄ばれたりする前に、身元のきちんとした人とお見合い結婚したほうがいいと思うのよ」

母の言葉がナイフのように、私の心にグサリと刺さった。

親の治療費とはいえ、三人目の彼氏にお金を貢いだと言われればそうだ。

さらに、律は身元こそはっきりしているが、一夜限りであんなことになった。

そして私は妊娠までしてここにいるわけだが。

私が母を苦手だと思うのは、こういうところもある。

母の言うことは恐ろしく当たるのだ。まさに、エスパー母、といった具合だ。

「いや、でも」

言い当てられて言葉に詰まる。

困って、やっぱり律の顔ばかり思い出していた。

一番頼りたくて、頼れない人なのに。

私は律にこの妊娠を告げるつもりはなかった。

律は今、いろいろなところで活躍しているし、モテる上に軽い男だ。

千切って投げた女は数知れず、私もその中の一人なのは間違いない。

そんな律に『子どもができました』なんて言えば、『おろせ。責任もって金は出してやる』とでも言われそうで怖かった。重いと思われるのも嫌だった。

いろいろ考えたけど、結論はいつも一緒だった。

「お母さんはね、この人とこの人が特にオススメなのよねー。なんて言っても銀行マンで安定してるし」

母はグイグイ話を進めてくる。銀行マンと言っても離島に飛ばされる場合もあるし、安定しているとは限らないと思うが……こうなると、もう誰も母を止められなかった。

でも、今、適当に母に話を合わせると間違いなく次は会う段取りをされるだろう。

（もう言うなら今しかない！）

まず、この家に戻ってきたい、とだけ伝えようと決意して口を開いた。

「あのね、お母さん！　私、この家に――」

「そう。この家、来月引っ越すのよ。今日はその話もしたくて」

母があっけらかんと言う。

「……はい？」

（今、なんて言った？）

私が呆然としていると、母はすらすらと続ける。

「老後はお父さんの実家のほうで暮らそうって言ってたの、知ってるわよね？　お父さんが来月、早期退職するの。この人、勤め人とか向かないけど作物育てるのは得意でしょ？　お父さんの実家、畑もあるし広々としてるし。そう考えてたら、お父さんの実家近くの小さな産院で助産師がいなくて困ってるみたいですぐ来てほしいって。だから来月お父さんが退職したらすぐ行こうって決めたの」

父の実家、それはここから千キロ以上離れている場所。

「お父さんの実家って、まさか北海道の」

「そう、北海道よ」

突然、実家に戻るハードルが千キロメートルほど上がった。

父の実家は、北海道といえども札幌や函館などの大きな都市ではなく、広大な大地の広がる、そして見渡す限りビルなどの高い建物がどこにも存在しない……よく言えば、景色は最高の場所なのだ。悪く言えば、百人中百人どころか近くにいた他の人間までもが、田舎だ、と太鼓判をおせるほどの田舎である。

遠くに引っ越すことも相まって、余計に母は心配して私にお見合いを薦めてきているのかもしれない。

（なんてタイミング。やだ、泣きそう……）

子どもを北海道で産んで育てる。その選択肢もありかもしれない。

ただ、我が家はもともと、そんなに裕福な家庭ではない。

お金の面で両親は頼れないので、仕事を探さなければいけない。

今の会社でもかなり苦労して内定を勝ち取ったのは嫌でも覚えている。特技も資格もない私には大変な道のりだった。

エントリーシートは五十社以上送った。なのに受かったのは今の会社だけだった。

そんな事実を踏まえても、これから他の会社に転職するにはかなり苦労するだろう。

さらに、あまり働き口のない場所で、一から妊婦が仕事を見つけられる確率は、限りなく零に近い。

ただ、今いる職場なら、産休や育休制度が整っていて前例も多くあるので、子どもを産んでも仕事は続けられるのだけど。

(私、どうすればいいんだろう?)

また、ポヤン、と律の顔が思い浮かんで、ぶるぶると頭を振ってかき消した。

そのとき、突如として玄関チャイムが鳴った。

「はーい」

母がなんだか楽しげに返事し、いそいそと玄関まで行く。

残された私はテーブルの上のお見合い写真の束を見て、大きく息を吐いた。

もういっそ、誰かとお見合いするのも手かもしれない。これだけいれば一人は子持ちでも結婚してくれるかもしれない。

でも……。そう思って、自分の拳を握り締める。

(今から他の誰かと結婚するなんて無理だ。それだけは絶対に嫌)

これまで自分の意思なんてなかったのに、今、それだけは嫌だと思っている。

何度も思い出してしまう律の顔を懸命に思い出さないようにかき消していると、ずっと静かだった父が口を開いた。

「無理にお見合いなんてしなくていいんだぞ。美海にも好きな人はいるだろ」

一瞬、なぜか律の顔が浮かんだけど、首を横に振った。

そんなとき、母が戻ってきて、「美海、これはどういうこと?」と言い出す。

母のほうを見ると、なんとスーツ姿の律がそこに立っていたのだ。

「律! なんで!」

驚きのあまり勢いよく立ち上がる。

「何、これ?」

律はテーブルの上のお見合い写真たちを見つめ、低い声で聞いてきた。

(また何か怒ってる!)

私が焦っているというのに、母はあっさりと口を割る。

「お見合い写真よ。来月、私たち夫婦で主人の実家に引っ越すの。だからこの子だけこっちじゃ心配でね。この子もいい年だし、律くんがもらってくれてもいいんだけど。律くんなら大賛成だわぁ」

「お母さん！」

私は怒って思わず叫んでいた。何を言っているのだ。

特に今、そんなことを言うのは冗談でもやめてほしい。

次の瞬間、律の眉が不機嫌そうにピクリと動く。

そして私を鋭い瞳で睨んだ。

ひっ、と小さく叫んで視線を逸らす。

いたずらが見つかったときの子どものように背筋が凍る。

そういえば、昔、こうやって母に隠しごとが見つかって睨まれ、よく怒られた。

そういう意味では、母と律はやっぱり似ている。

私に有無を言わさない口調も、威圧的な態度すら似ている。

（でも、そもそも律は何に怒っているの？）

思い当たる節はない。

あの話は、あのとき、あそこで綺麗に終わったはずだ。

私は『全部なかったことにして忘れて』と言ったし、律もそのほうが都合がいいから了承してくれたんじゃないのだろうか……。

ツカツカと私の目の前までやってきた律は、両親のほうを向いて言う。

「少しだけ、美海さんと二人でお話ししてきてもよろしいですか？」

律の不機嫌そうな勢いに押され、両親はコクコクと頷いた。

律は私の腕を掴むと、リビングの外に私を連れ出す。

律の手の力が強くて痛い。

何かわからないなりに、律の不機嫌さに不安になって彼を見上げる。

律は無言のまま私を見つめて、それからやっと口を開いた。

「そもそもなんでずっと電話に出ないんだ」

「スマホが壊れたの」

「会社に行ったら外出ばかりで」

「たまたま外出の用事が多くて」

これは半分嘘で半分本当だ。律に会いたくなかった私は、外出の用事をみんなから無理矢理引き受けて、できるだけ外出するようにしていた。

私が言うと、律は小さく息を吐く。そして自分の髪を右手でグシャッとかいた。
不安になってチラリと律の様子を見る。
(お、怒ってる?)
「よかった、それだけで。すごく心配した」
しかし、律は心底ホッとした様子で言った。
まるで、大事な人の無事を知ったという様子に、罪悪感が胸を占めて苦しくなる。
ごめん、と思わず言って律を見た。
友だちと電話がつながらないって、律からしたら心配だよね……。
「身体は?」
そう問われて、青ざめて言葉に詰まる。
風邪の心配をされているだけかもと思ったところで、律の目は私を射貫《いぬ》く。
息もできないまま数秒の沈黙。
「もしかして妊娠した?」
ズバリと問われてまた息が詰まった。
(なんでそんなに勘が鋭いんですか!)
一瞬の間を悟られないように慌てて答える。

「ち、ちがう！」

完全に否定しているのに、信じていないとでもいうように律がジトッと目を細めた。

「本当か？」

「うん、本当。だから大丈夫だよ」

律から問われればいつも素直に答えていた口から、すらすらと嘘が出ていた。

これまでの素直な私がいたからこそ、律もこの言葉が本当だと思ってくれそうだ。

それが当たったかのように、律は、そう、と言って納得してくれたようだった。

律の様子に心底ホッとしていた。

「そもそも律、なんで私が実家にいるって知ってるの？」

「美海に会いたくて探したから」

あたり前のように言われれば、またドキリとする。

(でも、ここにいるって誰にも言ってないんだけど……)

律は野性の勘に優れているのかもしれないが、それにしても勘がよすぎる。

目の前にいる律をちらりと見てみると、律は責めるように私に聞いた。

「美海はお見合い結婚するつもりなんだな？」

「いや、お母さんに薦められているだけで……」

思わず顔を背け、歯切れ悪く答える。

律に責められる筋合いはないのだけど、ものすごく居心地が悪い。

「何かあれば必ず連絡するって約束、また破ったんだ」

「今、それ関係ない」

「関係ある」

律はピシャリと言うと、続けた。

「この状況で困ってなかったって言うのか？　それとも、俺が『困ったときは一人で悩むな』って言ったこと、忘れたか？」

怒ったような声に、首を横にフルフルと振る。

また顔を下に向けて視線を逸らすと、律は大きなため息を一つついた。

「美海のことだから、最終的にはお見合いを押し切られそうだな。それでもいいんだ」

「それは、よくないけど」

「なら、なぜ俺を思い出さなかった。連絡もせず、これもまた一人で決めるつもりだったのか」

「ちが……律のこと思い出してた。だけど、相手はお母さんだし……」

――それに、私のお腹には律の子どもがいる。だから、律に会うのが怖かった。

そう思って泣きそうになったところで、律は口を開く。

「なら、今からでも助けてあげようか？」

その言葉にぴょこん、と顔を上げて律を見つめる。

この状況で、律が突然何を言い出したのかわからなかったが彼は続けた。

「俺を頼ってくれたらいつでも助ける。これまでのこと、覚えてない？」

「覚えてるけど」

律は痴漢から私を助けてくれた。その後もずっと『困ったときは一人で悩むな。何かあれば必ずすぐに相談するように』と言い続けられてきたし、本当に頼りにしていた。今日だって何度も律の顔を思い出していたのは事実だ。

しかし今の私は、妊娠してる事実を知られたくなくて、律に嘘をついたまま。

（嘘をついた相手を頼るなんてしちゃいけないよね）

悩んでいると、「美海」と名前を呼ばれ、目の前で律は優しい顔をして笑った。

穏やかな顔に一瞬ドキリとして、心が揺れ動く。

「り、律……？」

するりと頬を撫でられ、その温かな手の温度に泣きそうになる。

一人でなんとかしないと、と思っていた緊張感が解けてくる感覚があった。

「なら、美海。俺を頼れ」

唇が撫でられる。

いつの間にか固く結んでいた唇が解かれ、言葉が勝手に口から飛び出す。

「律……私お見合いしたくないよ。どうしたらいい？」

「わかってる。よく言えたな」

律はそう言って、優しく微笑んで私の頭をポンポンと二度叩く。

それから律はどこかに電話をかけていて、そんな彼の背中をぼんやり見ていた。

私はこれまで律にはなんでも話してたし、いつだって頼りにした。

「じゃ、二人のところに戻るぞ」

そう言って律は私の手を優しく握った。

その手の温もりに、ほっとする。

元カレに握られたときはあんなに嫌悪感があったし、気持ち悪いって思ったのに、律にはそんなこと全然思わない。

律はやっぱり律だ。口が悪くて意地悪だけど、ほんとはとても優しくて、いざというときに頼りになる親友。それをちゃんとわかってる。

私は、うん、と小さく頷いた。

しかし、リビングに戻る瞬間。

顔を上げて律を見ると、律はニヤリと笑った。

そう、言葉通り、口角を上げてニヤリと笑っていたのだ。

その顔を見てすごく嫌な予感がした。

吐きそうになる緊張感が胸から喉にこみあげる。

「ちょ、やっぱり――」

待って、と言い終わるより先、律は突然両親の前で私の肩を抱き寄せた。

そして間も置かずに口を開く。

「美海さんが恥ずかしがって秘密にしていましたが、俺と美海さんは結婚を前提にずっと付き合っていました。だからお見合いの話は全部なしにしてください」

母と父に向って、はっきりそう告げたのだった。

「「えぇっ！」」

母、父、私の声が被る。

両親は明らかに嬉しそうな声だったけど、私は戸惑っていた。

「り、り、律！　何言って……！」

「それと……後先になってしまって申し訳ないのですが、美海さんのお腹の中には俺との子どもがいるんです。なので早急に籍を入れたいと思って話をしているのですが、美海さんになかなか頷いてもらえなくて」

さらにきびきびとそう言われて、一瞬頭が真っ白になった。

(まさか、知ってるはずない!)

だって、さっきもちゃんと否定した。他には誰にも言ってない。

いくら律でもわかるはずがない。

声が裏返りそうになるのを抑えて、律の言葉を遮ろうとする。

「は? ちょ、ちょっと待って」

それをさらに遮ったのは母で、母は嬉しそうに私の両手を掴んだ。

「でかした!」

「で、でかした……?」

こんなに喜んでいる母ははじめてで戸惑う。

「おめでとう! そうならそうと早く言ってよ。お母さん安心したわ!」

「え? 待って! そもそもお母さん、それでいいの!」

母は絶対怒り狂うと思ってた。そこに疑問しかない。

少なくとも結婚前にそういうことになること自体、許されないと思っていた。

「相手は律くんなんでしょ。何を躊躇してるの。さっさと入籍しちゃいなさいよ」

「いや、お母さん？　ち、ちがうの！　ちがって、これは――」

「何が違うの。もちろん結婚前提でそうなったんでしょ。まさか結婚の約束もせずにそんなことしたんじゃないわよね？」

母の声が地を這ってきて、足元からじわりじわりと私を締めつける。

泣きそうになったまま、ただ、口を金魚みたいにパクパクとさせる。

そんな私の肩を、律は軽く叩いたと思ったら、シレリと答えたのだった。

「もちろん結婚前提です」

（勝手に答えるなぁぁあああ！）

思わず律の顔を見上げると、彼はあたり前のような顔をしている。

「り、律！」

「それに急ですが来週式場のキャンセルも出たので予約しています。おなかが目立つ前にと思って」

「式場って！」

（なんの話が進んでいるの！）

今しがた律にお願いしたばかりで、そんな話が進んでいるのもおかしい。

もしかしてさっき電話してたのまさかそれだったの？

今、目の前で起こっているすべてのことがおかしすぎて頭が混乱していた。

「まぁ、いいわね！　うちは来月引っ越すし、式は早いほうが助かるわぁ」

「親族だけの式になりますが、美海さんさえよければ、結婚式の日、入籍もしたいと思っています」

「律くんのお父様やご親戚は？」

「もちろん出席します」

母と律の間で話が進んでいく。

私も、父も、誰もその勢いを止められなかった。

「な、何言って――」

「申し訳ありません、きちんとした返事を待っていたらご報告が遅れてしまって」

「いいのよぅ。美海、昔から律くんのこととなると、少し突っ走るとこがあるもんね」

「お母さん、なんで反対しないの。私、妊娠したんだよ、結婚前に！」

叫びながら、母の顔を見る。

母は、今までにないくらい優しい聖母のような顔をしていた。

「私は別にね、妊娠することがいけないって言ってたんじゃないの。ただ、美海が騙されないで、一生添い遂げられる相手を見つけて結婚することを願ってただけなのよ」

目に涙まで溜《た》めて母は言う。

「お、お母さん。そうだったの？　わかりにくい……」

「ほら、昔から美海って変に突っ走るところがあったから『結婚が決まるまで手さえ握らせるな！　妊娠するぞ！』なんて極端な話になって、結果、厳しすぎたんだけど」

確かに厳しかった。厳しすぎた。

おかげで私は二十九歳までガッチリ処女を守っていたわけだ。

母は私の手をもう一度とると、「おめでとう、美海」と笑った。

その母の非常に明るい微笑みに、もう何もかも撤回しづらい状況に陥っている事実だけは理解できていた。

それから律は、呆然とする私の手をあたり前のように握りながら、楽しそうに両親と小一時間今後について話し、私の実家をあとにした。

マンションのエントランスを抜けたところの駐車場に律の車が止めてあり、彼は車を指さすといつもの調子で言う。

「先にスマホ、なんとかしに行くぞ。連絡つかないし困った。初実も心配してた」

何か口を開くより先、助手席に乗せられる。

しかも背中に手を添え、驚くくらい優しくエスコートして。

そして律が運転席に座り、さらにそれが車の中という密室だとわかって、私の心臓はやけに速く脈打つ。

なんとか息を吸って、手を握り言葉を発した。

「り、律。さっきの何。なんであんな嘘までついたの？」

自分の顔が赤くなっているのか青くなっているのかわからないまま律の顔を見る。

(妊娠のこと律にバレてる？　そんなはずないのに)

律は急に不愉快そうに眉を動かした。

「嘘って何が」

「妊娠したなんて、私、一言も言ってない」

「は……？」

律の声が冷える。

怖かったけど、ぎゅうと唇を噛むと私は言い放つ。

「妊娠なんてしてない！　勝手にあんな話しないでよ！」

嘘だった。

でも、こうでも言わないと律は引かないと思った。

「美海、お前妊娠してるだろ。俺の子だ」

「し、してないし！　証拠はないでしょ」

「視線が逸れてるぞ」

慌てて律をまっすぐ睨む。

律が怒っている顔は怖かったけど、自分を奮い立たせるように叫んだ。

「逸れてない。あんな嘘までついて、どうなっても知らない」

「美海こそ、よく堂々とそんなヘタクソな嘘がつけたな」

「ウソツキは律のほうでしょ！」

「嘘なんて何もついてない。俺は最初から何一つ嘘なんてついてないだろ。もう諦めて俺と結婚しろ」

律ははっきりとそう言う。

その言葉に驚いて律の顔を見た。

律の真剣な目が、もう逃さないというように私を捉えていた。

（結婚……って、本気？）

一瞬、どうしてか泣きそうになる。それから慌てて口を開いた。

「や、やだ！　なんで律と結婚なんてしなきゃなんないのよ。律と結婚なんてしたくない。絶対しないから！」

「なんの冗談だ」

「冗談なんかじゃない！　律には今まで感謝してた。でも今回のことはやりすぎ！　こんなことしてなんて頼んでない。勝手に両親にあんなウソまで言ってありえない。もう降りる。降ろして！」

車のカギをガチャガチャやってみても、ドアは開かなかった。

律を睨むと、彼は私の前のダッシュボードにダンッと手をつく。

その勢いに小さく悲鳴が出る。

「な、何よ」

しかし気丈にそう言うと、律は私の顔を見てから大きく息を吐いた。

「ここまできて往生際が悪いのは相変わらずだな」

「往生際って……」

急に律が黙り込んで、私も口を噤んだ。

車の中に静かで不穏な空気が広がったとき、律はボソリとつぶやく。

「まぁ、強情な美海がそう簡単に頷くとも思ってなかったけど。なら、俺はこの話の持っていき方を変えるだけだ」

意味がわからず聞き返そうとしたところで、律の目の色が変わった。

思わず息を飲み込む。

こちらを見つめる真剣な男らしいまなざしに、心臓が何度も跳ね上がる。

狭い車内では、私の心臓の鼓動が律に聞こえてしまわないか不安になった。

「美海には黙っていたが、俺にも見合い話が持ち上がりだしてる」

律はあっさりそう言った。

予想外の話に、私の目は点になる。

「へ？」

「副所長という立場で結婚してないのもいろいろ面倒でな。でも美海とならちょうどいいだろ。気心も知れてるし、一緒に住むにも問題ない。もう美海の両親だって了承済みだし、このまま結婚して一緒に住めば手っ取り早い」

「ちょっと何言ってるの？」

「これが一度で理解できないなんて、美海はバカなのか？」

「何よ」

「美海は見合いをしたくないから俺に助けてと言った。俺もそうだ。つまり、美海も俺も見合いはしたくないってことで共通している。そこまでは納得できるか？」

律はまるで仕事でもしているように、淡々と話す。

その律の様子に少なからずホッとして、それから彼の言っている内容に頷いた。

「そ、それは、うん」

「でも例えば今見合いを断って、はいそうですかってあっちが簡単に引くと思う？　特に美海の母親はそういうタイプじゃないだろ。このままだと、またこうやって何度も見合い話を持ってくる。正直面倒じゃないか？　俺は面倒だ」

律の言うことはわかりやすい。

それに大きな法律事務所の跡取りで一人っ子だからこそ、見合いというような話が持ち上がっていても不思議ではない。

しかし、提案内容自体はめちゃくちゃだ。

ただ私自身も頭がずっと混乱していて、何が正解で不正解か自分で判断できなかった。しかも、その提案をしているのがいつも頼りになる律なのだ。

私が言葉に詰まっていると、律は言った。

「美海はとりあえず書類上だけ妻になればいい。その代わりに、一緒に住んで、家賃も生活費も俺が持ってやる。そうすれば、美海は生活の面で心配がいらなくなる。俺は見合いもしなくていいし、立場的にもそっちのほうが助かる」

律の言葉を聞いて、少しずつ彼の気持ちに納得できてきた。

私と普通に結婚したいというよりも、よっぽど今の話のほうが、律と私にとって現実味があるように思えた。

(つまり、律はそうまでしてお見合いしたくないって話だよね?)

そう思ったのが当たったかのように、律は話を続ける。

「俺が自分のために、美海と書類上だけでも結婚したいって言ってる。いわゆる契約結婚ってやつだ。美海は不満か?」

律は律なりに、私との結婚をメリットのあるものだと思っているらしい。

(ならいいのかな? いや、やっぱりよくないような。そんなことしたら今誤魔化せたとしても、遅かれ早かれ妊娠は伝えなきゃいけなくなるよね)

混乱する頭の中で必死に考えていると、律は私の前に、ズイ、と顔を寄せた。

その顔は、物理的にも、精神的にも有害なイケメンでさらに混乱する。

それがわかっているのか、律はさらに顔を寄せて低い声で言った。

「ここで判断力だけでなく、決断力もない美海に、考える材料を三つやる」

「材料?」

あぁ、と言うと律は口角を上げてニヤリと笑う。

その顔を見るとイヤな予感がするのは、先ほどの実家での出来事のせいだろうか。

すると、律は人差し指を立て、私に見せるようにする。

「一つ目。美海のアパートの退去期限はもう迫っている。美海のとこの大家さん、困ってたぞ。美海がなかなか出ていってくれないから取り壊しが遅れるって」

そう言われて、驚いて口が数秒開いたままになった。

「なんで律がそれ知ってるの！」

「仕事の関係でたまたま知っただけ。ま、美海のアパート古いし仕方ないけど、出ていく当てあるのか？」

「じ、実家があるもん」

「ふうん。北海道についていくんだ」

「なんで律が北海道って知ってるの！」

私が呆然としている間に母が話したのだろうか。確か母は、主人の実家とは言ったが、北海道とは言ってない。昔何かで聞いて、いまだに覚えてたってこと？

そんなことをじっくり考える間もなく、律はどんどん続ける。

「北海道に行くんだ。確か札幌とかじゃないよな？　あっちで何するつもり？」

「北海道は、い、行かない、と思う。仕事もやっぱり今のとこがいいし」

「じゃ、こっちに残るんだ。実家も賃貸引き払って、美海のアパートは追い出されて、美海は新しいアパートに引っ越すんだな。引っ越しって、そんなお金あるわけ？」

「そ、それくらいは大人だから、アリマスヨ」

と言いつつ、元カレに渡した二百万が私の預金のほとんどだった。

現在の預金残高は二万八千円だ。

「嘘だろ」

その心の声が聞こえたのか、ピシリと言い当てられて言葉に詰まる。

律は意地悪に続けた。

「元カレの山田さんだっけ。二百万、今からでも返してもらえば？」

「だからもう入院費と手術代に使ったんだって。大丈夫、次のアパート決まるまで、ネカフェとか、初実の家とか。お金もキャッシングとか、ローンで払えばなんとかなるだろうし。間違っても律には世話にならないから」

「ふうん、そうまでして俺に頼る気ないんだ。法上さん」

その低い声色の言葉にビクリと身体が跳ねる。

（なんで今、名字で呼ぶの……。それくらい、何か怒ってるの？）

それにしても、これで考える材料一つ目、とか、精神的にかなりゴリゴリと削られていると思う。

泣きそうになったところで、律は指で二を作って差し出した。

「二つ目。もし俺と結婚しなければ、さっきのことは嘘で、結婚する気もなく寝たと美海の母親に全部バラす。ついでに二百万元カレに渡してたこともバラす」

私を一番知る幼馴染は、無慈悲にも私の一番嫌なところをついてくる。

「ひ、卑怯！」

「どっちがだ。俺以外のやつを頼ろうなんて考えやがって」

律が怒ったような声で言った。

聞き返すより先、律は続ける。

「とにかく、ここから結婚しないってなればそれ相応の説明が必要だ。何せ妊娠もして、結婚するって言ってしまったからな。その撤回を美海一人でできるんだな」

「それは律が勝手に言ったことでしょう！」

「俺は美海に頼まれたから言っただけだ。あの時点でそれが最良だと判断した。まずは見合いを断れるのが第一で、それはうまくいっただろ」

律はあたり前のように言い放つ。

確かにそうだが、方法はめちゃくちゃだ。

しかも律には否定したが、本当に妊娠しているものだから始末に負えない。

「り、律は一緒に別れたって説明に行ってくれないの？」

「そんなメリットのないこと、俺がすると思う？」

（じゃあ、なんで今まで助けてくれたのよ。これまでも律にメリットがあったとは思えなかったのに）

そう思うものの、それを言うとなんだか墓穴を掘りそうでやめた。

そもそも律と結婚だなんて全然想像がつかない。

では、何なら想像がつくのかと言われれば言葉に詰まる。

意味がわからないままグラグラする頭の中で、もしかすると同居ならいけるかもしれない、と思いつく。

そもそも結婚するのが本当に必須だろうか。

「結婚じゃなくて、ただの同居じゃだめなの？」

私は思わず口を開く。ただの同居ならすぐに解消しやすいし。

妊娠の事実だって、期間限定であれば隠せるような気がする。

そう思って続ける。

「私もこっちに残れるのは助かる。次の家が見つかるまでの同居っていうのはどう？」

なんとかなだめるようにそう言ったのに、律はきっぱりと、だめだ、と言い放った。

「なんで！」

「法律婚一択だ」

絶対に譲る気のなさそうなその態度に、グッと下唇を噛んだ。

（なんでそこまでして私との結婚に執着するのよ！）

そう思って思わず叫ぶ。

「律だったら、他にも結婚したいって女性がたくさんいるでしょ！　何もこんなバカな幼馴染捕まえなくても」

「バカな美海だからいいんだろ」

ぐい、と顎が持ち上げられ、息がかかる距離に律の顔がくる。

ただでさえ混乱している状態なのに、そうされるともっと頭の中がこんがらがった。

「俺は結婚するなら美海しか考えられない」

そのプロポーズじみた男らしい言葉に顔がカッと熱くなる。

さらに、律は真面目な顔のままだ。

それから、じっと熱いまなざしで見つめてくる律に返す言葉が見つからない。

（なんでそうまでして、結婚しようなんて冗談を……）

そう思うのに、律から視線を逸らせなくなっていた。

真剣な顔のまま、律はゆっくり口を開く。

「美海、俺と結婚してくれないか」

耳の奥に届く、律のまっすぐな声。

いくら私でも、律にそんな声でひたむきにそう言われれば胸だって高鳴る。

なんて心臓に悪い幼馴染だ、と内心焦ったのは、バレないように表情を硬くした。

なのに律は優しい手つきで、するりと私の頬を撫でる。

「美海、返事は？」

そんな大事なことをここですぐに決められるなら、私はこんな先延ばし体質にはなっていない。

「そ、そんなのすぐに決められないに決まってるっ」

そうは言っても、母への説明が必要になった段階で、完全に私の心は台風が到来したつり橋のようにグラグラと揺れていたのだが。

律は、そう、と言って、三本の指を出した。

そうされただけでビクリとするのは、これまでの二つが心臓に悪すぎたからだ。

少し間を置いてほしい、と思ったのに、律は容赦なく続けた。

「じゃ、三つ目。もしまだ結婚しないって言うなら、これからここで、すぐにあの夜のことを、もう一度美海に思い出してもらう」

そう言われて、最初はその言葉の意味が飲み込めなかった。

（ちょ、ちょっと待って。それって、まさか）

何度かその言葉を反芻《はんすう》してみると、一つの意味しか出てこない。

「何言って――」

「どうせあの夜のこと、美海はきちんと覚えてないんだろ。思い出せば考えも変わるだろうと俺は踏んでる」

ズイ、と律の端整な顔が近づいてきて、私の心臓の音は脳の奥まで鳴り響いた。

しかも、そんな顔のいい律が言っている内容が、今すぐここで『そういうこと』をするというとんでもない内容だ。

（ここは車の中。いや、車は今関係ない！　だめ、絶対！）

脱出を試みようとドアをガチャガチャとしてみるが、ドアは一向に開く気配はない。

（そういえばさっきも開かなかったんだ！）

絶望的な気持ちになって泣きながら律を見る。

しかし律は、優しく涙を拭っただけで、顔は真剣そのものだった。

「律っ。そ、そんな悪い冗談言って」

声が震えるのが自分でもわかった。

「冗談で弁護士の俺がこんなことすると思うか？」

律の手が私の頬を撫でる。

ビクリと身体が震えて律から顔を背けると、彼は逃がさないとでもいうように私の顎を掴んで、強制的にまっすぐ自分のほうを向かせる。

鋭く男らしい律の瞳が私を射貫く。

「もう一度抱かれても俺との結婚を断る自信があるなら、きっぱりと結婚を断ってくれていいんだからな？　美海に選ばせてやる」

それは選択肢があるようで、ない言葉だった。

（なんでこの人、こんなに自信たっぷりなの？　身体からなら落とせる自信があるの？　それが怖い、無性に怖い！）

律の固い胸板を押すが、ピクリとも動く様子がない。

「ま、待って！」

「もう待たない」

そのまま律の顔が近づいてきて、慌てて律の口元を私の手でふさぐ。

律は眉を寄せると、口をふさぐ私の手をぺろりと舐めた。

「ひぃゃっ！」

変な声が出たところで手の力が緩み、律がその手を掴んで顔の横で動かないように固定する。

やめて、と声を出しても聞き入れないように、律の顔が近づいてきて、もうあと少しで唇がくっつくそのとき、私は目を瞑って叫んだ。

「わかった！　結婚するから。律と結婚するから！　もうこんなことやめよう。ちゃんと友だちに戻ろう、お願い！」

目を開くと、律はそんな私を見て今までにないくらい嬉しそうに笑っていた。

そんな嬉しそうな律の顔を見て、私は確信していた。

（そうか、わかったよ。律はここまでお見合いがしたくないほど、まだ遊びたいのね）

私はすべて納得した。

律は非常にすっきりとした表情で「あとは全部、俺に任せとけ」と言ったと思ったら、後部座席に置いてあった黒い鞄から分厚い封筒を取り出して差し出した。

「じゃ、先にこれ渡しとく」

「な、何これ？」

私がちらりとその中身を覗くとお金だった。

しかも百万の束が二つ。

(どういうこと？　支度金とかそんな風習あったっけ？)

律をまっすぐ見ると、彼はシレリと言う。

「元カレから取り返してきた。美海のことだから手持ちもうほとんどないんだろ」

きっぱりと決めつけるように言われたが、まさにその通りだ。

(た、確かに二万八千円しか預金残高はないから助かるけど)

「なんで元カレの住所とか」

「酔っぱらったときに聞いたらすぐに吐いてたぞ」

いつ、何を吐いているのよ、私は。自分の記憶のなさに嫌気がさす。

「って、これ、山田さんのお母さんの手術費だから取り返しちゃダメじゃん！」

「会ってみたら相手のバカが予想以上のバカで驚いた。そもそも、あんなバカに騙されるなんて、美海もバカすぎる」

「そんなにバカって言わなくても」

律は自分の髪をかき上げ、それからイラついたように頭をかく。

「えっと、元カレ何だっけ。婚活サイトで知り合ったヤマダタロウさん」

「うん。山田さん」

「そもそも、それ偽名だし」

「えぇっ!」

(偽名って! そんなの騙されるわけないじゃん!)

そう思うのだけど、律は心底バカにした表情で私を見る。

「普通わかるよな。ヤマダタロウなんてありえないって」

「全国のヤマダタロウさんに謝って」

「とりあえずこれ書かせてきた」

律が取り出したのは誓約書だった。

『二度と法上(夏目)美海に近づかない』という旨の誓約書と、見た覚えのない『亀《かめ》島権太《しまごんた》』という名前が並んでいる。

「これがヤマダタロウさんの本名。カメシマゴンタ、ね」

「う、うそ。って、こっちのほうがありえなそうな名前じゃん」

「本当。カメゴン、婚活サイトで名前をいっぱい変えていろんな女の子引っかけてたみたいだ。結婚をちらつかせて、親が病気だって言ってお金騙しとってな。もちろんお母さんはお元気そのものだったよ。父親もいて、兄弟もいた。親と会社に言うぞって脅したらすぐにこれ書いて、お金も返してくれた。ついでだからこんなこと二度としないように釘《くぎ》を刺しておいた」

（カメゴンって。釘を刺したって……）

本物の釘じゃないことを祈るしかない。

「お母さん、病気じゃなかったんだ」

「ぴんぴんしてたぞ。わかりやすい結婚詐欺だな」

それを聞いて私は一つだけほっとしていた。

それは山田さんのお母さんが病気じゃなかった事実。

「病気じゃなくて、よかった」

「何がよかった、だ」

律の不機嫌な声に思わず苦笑する。

でもね、律のお母さんが亡くなったのと重ね合わせちゃったんだもん。

（会ったことなかったけど、母親が病気で亡くなって悲しい思いをする人が一人でも減ったら嬉しいじゃん？）

そう思ったとき、突然律が私を抱きしめた。

「ひゃっ！」

慌てて押しても、律の身体は一ミリも動かない。

「美海、本当にお願い。もうあんなのに引っかかるな」

「あ、う、うん」

これからは律にちゃんと相談するね、と笑うと、唇にするりと律の指が這う。

真剣な顔のまま、熱い指先でふにふにと触られれば、バクンバクンと心臓がありえないほどの音を立てた。

「それでキスされるとか、信じられない」

「……律？」

「これからはちゃんと、ここが誰のものか考えろ」

唇をまた撫でられる。ひゃ、と言葉が出かけて目を瞑った。

（もしかして、キスされる？　だって結婚が決まったんだもんね）

ぎゅ、と目を瞑ってみたけど一向にキスをされる様子もなく、ゆっくり目を開けると、律は車の前方を向いていてシートベルトをしながら言う。

「シートベルトして。いったん美海のアパートに行って、荷物を整理しよう」

（さっき、律にキスされるかと思った）

でもそうされることはなく、それが残念なのか、ほっとしているのか、自分の感情がわからなくなっていた。

そして、それから結婚式まで引っ越しの準備や手続きなどに追われ、私たちはキスなどしないまま過ごした。

そもそも結婚式だって、律が勝手に予約を取ったのもあるけど、母が身内だけでもいいから式を挙げなさい、と言い張ったから身内だけでするとと決めただけだ。

この結婚は契約結婚で、恋人同士や夫婦がするキスなんてする意味がない。

律もきっとまだまだ遊びたいだけだろうし、律の提案を聞いてよかった。

さすが困ったときの律だ、と私が思い直した頃例の結婚式が開催されたのである。

式が終わったあと、新居に戻り、『友だちとの同居』だと言い張る私に律は言った。

「何が、男友だちだ。俺は最初から美海のことは女性としてしか見てない。どうやっても恋愛対象にしか見えない。だからあのときも、美海に欲情したし、抱いたんだ」

その言葉に泣きそうになった。

（まさか私まで対象だとは律は雑食すぎる……！）

ただ、妊娠の事実もまだ律に伝える勇気が出ないままで、これからどうやってこの怖い幼馴染との新婚生活を過ごしていくか不安に思っていた。

五章

「突然の結婚で驚いたぞ。しかも相手はあの夏目先生って」

結婚式や引っ越しのために取得していた休暇が終わり会社に行ってみると、隣の席の村野先輩が私の席にキャスター付きの椅子を寄せてきて興味深げに言う。

私は一つため息をつくと、先輩を見た。

村野先輩の顔には、早く詳しく教えろ、と書いてある。

もちろん実際に書いてあるわけではないが、それくらいわかりやすい。

「私も驚きましたよ」

「当事者が何驚いてるんだ。付き合ってたんだろ」

「付き合ってたわけではありません。幼馴染だったので」

「……え？　そうだったのか？」

付き合っていたわけではないことか、幼馴染だったことか、どちらに対しての驚きかわからなかったものの、どちらにしてもイエスなので頷いた。

「そもそも幼馴染なら言えよ。夏目先生のこと、正直怖い人かと思ってたわ」

「怖いのは怖いですよ」

「なんで隠してたんだよ」

「幼馴染ってこと、会社の女子たちにバレたくなかったからです」

「あぁ……」

先輩は納得したかのように頷いた。

幼馴染だと知れれば、厄介ごとの類が増えるだろうというのは共通認識だ。

「私だって、全部夢だと思いたいんですけど」

そうつぶやいて泣きたくなった。

最初の夜から全部夢だったと、そう言われたほうがよっぽど現実味がある。

結婚って、もっと考えてゆっくり交際期間を経たあと、するものじゃないのだろうか。

少なくとも、私はずっとそう思っていた。

何回目かのデートで手をつないで、半年くらいしてお互いわかってきたらキスして。

それから三年くらい付き合って、プロポーズされて、その半年後に入籍して、結婚して身体を重ねる。子どもは結婚して一年後くらいにできて、二人目は三年後くらい。

それが普通で、それが常識だと思ってた。

あの強烈な母に、何度も『結婚が決まるまで手さえ握らせるな！　妊娠するぞ！』だけでなく、堅実に生きろ、女の子は自分を大事にしろ、などと散々言われて育っているからこそ、そんな考えが根付いている。

そんな母は結婚式が終わるとすぐに、父と北海道に旅立った。

意外にも、遠く離れる瞬間、私も寂しいと思った。やはり家族は家族だ。

しかし母はというと寂しがることはなく、ただ「すぐに離婚なんて言い出さないでよ」という言葉だけを残して行ってしまった。

こうなってしまった以上、すぐに離婚だなんて考えていないけど、律だってこんな結婚でよかったのだろうか、と思ってしまうのは事実だ。

律は性格や口調は怖いけど、根はいいやつだし優しい。顔もとびぬけていいし、いろんなマイナス面を差し引いてもおつりが大量に残るくらいの人間だ。

せっかく契約結婚するなら、もっと色気と理解のある女性とすればよかったのではないかと思わずにはいられない。

どこから漏れたのか、社内に律結婚のニュースが流れた瞬間、女子社員の視線は刺すように痛くなった。

さらに、これが妊娠しているとわかったら、もっと悪い事態になりそうだ。

結婚式の直前、最初に妊娠を確認した病院から、母が勤務していた顔なじみの産婦人科にかえた。そこで少し落ち着くまで会社への報告を遅らせる女性もいるらしいと聞いた。と言っても、会社にもできる限り早めに報告したいのだけど。

(そもそも律にもまだ言ってないのにさぁ……)

そう思うと海の底に沈んでしまうくらいに気持ちが落ち込んだ。

早く言わないと、と思えば思うほど、不安が顔を出してくる。

(あの律が責任取るって意味は、おろす費用の責任って意味なんだろうしなぁ)

悶々《もんもん》としている私を見て村野先輩も大きく息を吐いた。

「なんだか心配だな。法上が取引相手の部長と二人きりで飲みに行きたいって言われて隠してたことがあったろ。あのときも、ずっとそうやって不安そうな顔してた」

「その節は本当にありがとうございました」

「こんな優しい先輩がいたからなんでも抱え込みがちなお前が今まで問題なくやってこられたんだぞ。だから、今度新居に呼べよ」

「えぇっ……」

だから、のつながり方がおかしい。

私たちはあくまで契約結婚なのだ。

しかもまだ妊娠という重大な秘密を律に隠したままだし、律はまだ女性関係が奔放だろう。そんな状態のところに気軽に先輩など呼べない。

「なんで新居に呼ぶのがそんなに嫌そうなんだ」

「う……。い、嫌ではないですけど」

口ごもった私を見た先輩は眉を寄せた。

「まさか、すでにうまくいってないのか？」

なんて先輩だ、勘がよすぎる。

この結婚は最初からずっとうまくはいってない。

すると先輩は苦笑して、意味のわからない発言をする。

「まぁ、独占欲はすごそうだもんな」

「そんなのじゃなくて、ただの友だち関係が急に夫だなんて普通戸惑いますよ」

「そんなもんか」

「ええ。だから余計に今の状況の意味がわからないです。緊張するし、律も……夏目先生も今までと違って困ってるんです」

「何がどう違うんだ」

「やたら見てくるので落ち着かないんです」

結婚して同じ部屋に住んでからというもの、気づくと律はこちらをよく見ている。

しかも、これまで見たことないような、甘ったるい、蕩けそうな目で……。

そんな律に気づくと、居心地が悪くて落ち着かなくなるのだ。

(たぶん、天性の女好きなんだろうけど)

こんな色気のない幼馴染にまで欲情するくらいなのだから相当である。

そう思って眉を寄せていると、先輩は楽しそうに笑う。

「なんだ、結構うまくいってるじゃないか」

どうしてこの話がうまくいっているように思えるのか、不思議で仕方ない。

私がそんなふうに思っているというのに、村野先輩は、

「お前はなんだかんだ、ずっと見てきた後輩だ。しっかり幸せになれよ」

と言うと、優しく私の頭を二度叩いた。

(幸せになれ、だなんて、そんなこと言われても困る)

家に帰ったあと、ぼんやりと料理をこなし、その後、使ったキッチン用品を洗いながらまたぼんやりと考えていた。

この妊娠だって、律からしたら困るだろう。

たった一度そういうことをして、相手が妊娠したのだ。

新しいスマホでこっそり調べてみたのだが、律みたいに奔放なタイプだけでなく、普通の男性でも、急な妊娠という事態は災難に思う男性が多いようで、『相手の女性を妊娠させてしまった。おろしてほしい』という辛辣な声から、『本当に俺の子だろうか？』というような疑いの声まで、ネットには多く溢れていた。

私は寝る間も惜しんでそれらを読んでしまい、余計に困っている最中である。

女慣れしている律にとっては、私はやはり遊びの類で、それで妊娠されて、『あなたの子がお腹にいる』なんて言われても重すぎるだろう。

さらに私はその子を産もうとしているのだから余計にだ。

しかし、なぜか流れるようにこうして結婚してしまったからには、いつかは言わなければいけない。

会社への報告を思えば、いつかと言わず今日にでも言わなければならない。

伝えて、お願いだからおろしてくれ、と懇願された場合は雲隠れしようと考えをめぐらせる。本当に俺の子？　のパターンについても考えておくべきかもしれない。そんな証明なんてできないからどうしていいやらわからない。

それもネットで調べてみようと思っていると、律が帰ってきた。

「ただいま」

「あれ、律。もう帰ってきたの？」

律はいつも忙しいと聞いている。

驚いて律を見ると、彼は不機嫌そうに眉を寄せていた。

それを見て、「ごめん、おかえり」と加える。

すると律は突然、私を後ろから抱きしめた。

「なっ、え？　ど、どうしたの、律！　あの、離して？」

「言ったよな、もう夫婦だ。普通の夫婦がすることをするって」

身をよじってみたけど、律の腕から逃れられなくて、手に洗い物途中の泡がついているると気づいて諦める。このまま暴れると律の高級スーツに泡をつけてしまう。

「今日、美海の会社に行った」

律は私を抱きしめたまま言った。

「そうなの？　声かけてくれればよかったのに」

「かけられないだろ」

抱きしめる律の腕に力がさらに籠もる。

「やっと捕まえたのに、俺から離れようとするなんて許さないから」

その言葉にドキリとした。

おろしてくれと言われれば、雲隠れしようと考えていたことが頭をよぎる。

「は、離れようとなんてしてないよ」

私が言うと、律はホッとしたように息を吐いた。

もっと律に安心してほしくて加える。

「だから安心して、律は律で自分の好きなようにすればいいと思ってる」

「好きに、って？」

「律は無理矢理私と結婚してまで、他の人とお見合い結婚したくなかったんでしょ」

律は、奔放なところに理解のある幼馴染と結婚して同居していれば、まだ遊べると踏んで契約結婚なんて提案をしたはずだ。

そのあたりは、少しもやもやとはするものの、納得はできていた。

後ろから私を抱きしめたまま、律は小さく息を吐くと、ぴしゃりと言う。

「俺は、本気で好きな女性だけいればそれでいいんだ」

律に、本気で好きな女性がいた事実に心がズキンと痛んだ。

律の好きな相手というなら、私には一人心当たりがある。

噂で聞いたことがあるし、見かけたこともある。律の秘書だ。

（付き合ってないけど、律は本気で彼女が好きなのかもしれないな）

下を向いて唇を噛みしめ、それからゆっくり口を開いた。

「私もこうしてここにいられて、仕事続けられて、律に感謝してる。あのままだと、無理矢理お見合いさせられて、北海道行きだっただろうし」

めちゃくちゃな提案だったけど、私はこっちに残れて、こうやってなんとか暮らしていけている。だからこそ、と唇を噛んだ。

「でもね。私はもし律が今後本気で好きな女性とうまくいって、その人と結婚したいって言うなら、離婚してもいいと思う。何も今、将来まで全部決める必要ないよ」

律の輝かしい未来を全部捧げる必要なんてどこにもないの、そう加えて返事がない時間に少し焦ると、無理矢理微笑んでみせた。

「ほら、離婚なんて今どき珍しくないでしょ」

突然後ろから顎を持たれて無理矢理に振り向かされ、キスを落とされそうになる。

動揺して泡のついたままの手で律を押して抵抗してみれば、彼は不機嫌な顔でその手を取り私を見た。

「な、何？」

「離婚なんてするはずないだろ」

「今はまだ離婚するには早いと思ってるけど、これから先は誰にもわかんないでしょ」

この妊娠を告げればきっとこのままじゃいられなくなる。

母にも、すぐに離婚なんて言い出さないでよ、と言われたが、これぱかりは律の気持ちが優先だと思った。

本当は先延ばしにしたい気持ちがあったけど、律が望むなら早期の離婚も仕方ない。

なのに律は不機嫌な表情のまま怒ったように言った。

「もう美海、黙って」

それから、もう一度顎を無理矢理持たれ、唇にキスを落とされる。

なんとか唇を離しても、そのままま た唇を奪われた。

長い間交わされるキスに頭がくらくらとした。

何秒それをしていたのだろう。

(顔も身体も熱い。もう限界……)

足から力が抜けそうになったとき、やっと唇が離され律を睨んだ。

律は私より怒った様子でまっすぐ私を見つめていた。

「な、なんで勝手にこんなことするの。式のときだって、勝手にあんなキスして。こういうのはもっと大事な人にしなよ。本気で好きな人としなさいよ」

「美海が好きだからしてるに決まってるだろ。俺が好きなのは美海だ。昔も今もずっと。それが『本気で好きな女性とうまくいったら離婚してもいい』？　ふざけるな」

律の声が低い。その低い声に泣きそうになる。

「わ、私が好きなんてウソでしょ」

「好きだ。本気で美海が好き」

今、嘘でそういうこと言われるのが一番きつい。

「ウソばっかり！」

「嘘じゃない」

「ウソだもん。この結婚も全部ウソ！」

「嘘だと思うなら納得できるまで何度でも言ってやるよ！　俺は美海が好きだ！」

怒った律の声に身体がビクリと震える。

顔を見上げてみると、律は真剣な目で私を捉えている。

その目を見ると、自分の気持ちがぐっと律に連れ去られそうになる。

「っ……！　もういい。聞きたくない！」

自分の気持ちが揺れたのを悟られないように視線を逸らして叫んでいた。

私にはもう、自分の心がどう動いたのかわかっていた。

(本当は、嘘でも好きだって言われて嬉しかった)

でもそう思った自分がバカみたいで滑稽で悲しくなった。

目の前を見たら、律は本気で怒ってて、バカだ、バカだと散々言われてきたけど、いつも律はそう言ってても困ったように笑って私を見ているだけで、こんなふうに怒った彼は初めてだったから。

(そんな律を本気で怒らせた)

ボロボロと勝手に涙が流れる。

こんなふうに泣く自分も、こんな格好悪い姿を律にさらすのも嫌だった。

身を翻し、部屋を飛び出す。

マンションから出たところで、自分が小走りだったと気づいて、走るのをやめて速足で歩く。こんなときまで、自分の感情優先で動けなくなっているなんて。

「美海」

突然腕を引っ張られて、その相手が律だと気づいた。

怖くて顔が見られないでいると、律は後ろから私を抱きしめる。

「すまない。さっきはショックで強く言った。本当にすまない。でもお願いだから、飛び出していくなんてしないでくれ。心配する」

低い声でなだめるように律は言う。

後ろからかかる律の息はすごく乱れていた。心臓の音だって速い。

焦って走ってきたのだろうとすぐわかった。

何も言葉を返せないでいると、律はくるりと私を振り向かせ両腕を掴むと、私の目をまっすぐ見つめる。

「俺は、本気で美海が好きだ。愛してる。だから、美海も、お腹の子も、心から大事にしたいって思ってる」

そう言われて、言葉に詰まった。

（今……お腹の子って、言った？）

最初、実家に行ったとき、一瞬バレたと思った。

でも、私は否定したからバレてはいないと思ってた。思ってたのだけど――。

「な、なんで知ってるの。律、知ってたの？」

「わかるだろ。今まで、どれだけ美海のこと見てきたと思ってるんだ？」

そう言った律の声は、優しくて。

――美海も、お腹の子も、心から大事にしたい。

私はそれが律の本音なんだと直感で思って、また涙がこぼれた。

律は苦笑しながら私の涙を指で拭って続ける。

「そうは言っても最初は確信がなかったから、『もしかして妊娠した？』って聞いた。そしたら、美海の態度がわかりやすすぎて確信した。ダメ押しに両親の前で妊娠してるって言ったとき、美海も慌てすぎて母親には認めてたよな？　覚えてないのか？」

全然覚えてない。

それがわかったように律は目を細めて、また口を開いた。

「なのにあとで、まだ否定するもんだから驚いた。この調子じゃいつ認めるのかわからないから、とにかく入籍自体を急ごうと決めたんだ。子どもの戸籍もあるからな」

だからあのとき、あんな意地悪な『三つの考える材料』なんて話をしたの？

私が断れないように……。

あんなの、律のただの意地悪だと思ってた。

だけど律のほうが、よっぽどお腹の赤ちゃんのことを真剣に考えていたようだ。

私がまた泣きそうになると、律はそれを見て楽しそうに笑った。

「ほんと美海の態度がわかりやすすぎて、わかった。むしろ、あんなヘタクソな嘘でバレてない、ってなんで思えてたのか不思議だ」

思わず言葉に詰まる。

これまで律が全部知っていたとしたら、私の思い悩んだ時間はなんだったのだろう。

「そもそも、妊娠してなければアパートの契約の件で必ず相談されると思ってた。なのに連絡も来なくて、実家に頼ろうとまでしてた。俺にも、心当たりがありすぎるくらいあるから、確信に近い思いで『妊娠した?』って聞いたんだ」

次の言葉がうまく出てこない。口を開けては閉める、を繰り返していた。

そんな私を見て、律は苦笑する。

「まさかあそこまで来て認めないと思ってなかったからさ、俺、内心結構慌ててたんだけど気づかなかった?」

「そんなの気づくはずないじゃん」

いつだって私には律が余裕の表情に見えていた。

「美海から言いたくなるのを待ってみたけど全然自分から言ってきてくれないし、正直閉口した。それに、ずっと美海の言動がおかしいな、と思ってたけど、さっきやっとわかった。美海さ、俺のこと、『他に好きなやつがいるのに美海と結婚して、しかも美海やその他大勢の女にも手を出そうとする最低なやつ』って思ってた?」

「え……」

「思ってただろ」

そう言われて言葉に詰まる。

それは思ってた。だって律の恋愛関係なんて、意識して避けていた節があるけど、噂で聞く限りすごく派手そうだったんだもん。

子どもがいると話したら、おろせって言われるんじゃないかってビクビクしてた。

律は私の頬をするりと撫でる。

「さすがにそれは、俺も傷つく」

眉を下げ、本当に悲しそうに言うものだから、ゴメン、と思わずつぶやいた。

すると、律は私を強く抱きしめる。

「俺こそ、美海一人で妊娠のことを抱えさせてすまない」

黙っていると、抱きしめられた腕に力がこもる。

「でもさ、俺、妊娠がわかったとき、すごく嬉しくて。本当ならこうやってすぐに抱きしめたかった。ありがとうって言いたかった」

律って卑怯だと思う。

そう思っても、卑怯なほどまっすぐでひたむきな言葉を彼は止めない。

これまでの時間を、誤解を、すべて正しく埋めるように。

「俺は美海とちゃんと結婚したい。夫婦になりたい。あのときは生まれてくる子どものためになんとか書類上だけでも、って必死に理由を作ったけど、書類上だけじゃない夫婦になりたい」

この人はなんで今、そんな言葉をくれるのだろう。

（そんなの無理だって、最初から諦めて、ずっと考えないようにしてた言葉を……）

ポロ、と涙がこぼれると止まらなかった。涙も、一番言いたかった言葉も。

「赤ちゃん産んでいいの？　律と一緒にいて、律の赤ちゃん産んで育ててもいいの？」

いつの間にか自分の手が震えてて、律が私をもう一度強く抱きしめなおした。

「あたり前だろ。俺が二人とも守るから。だから俺もその子が生まれるときに一緒にいさせて。それで、俺も二人と一緒に成長させてくれないか」

「なんで律が、それ言うのよぉ」

一番欲しくて、でも、くれないだろうって思ってた。

ボロボロと涙が流れていくのが自分でもわかる。律の大きな背中をぎゅうと掴んでいた。律は私の頭を、ごめん、と言いながら何度も撫でていた。

私はグジグジと泣きながら、恨みがましく言う。

「でも、知ってたなら最初から言ってよぉおお……」

「ハハ、子どもを盾に結婚を迫るのもよくないと思って」

「お母さんにばらすことを盾に迫ってたでしょ」

「俺も必死だったんだよ。あんな崩壊している理論で切り崩せたのは美海だからだな」

それを聞いて、思わず律を見る。

(必死だったなんて嘘でしょう。律はいつも余裕そうになんでもこなしてるじゃん)

なのに私はいつも焦ってばかりで、律の隣に並びたいと思えば思うほど、その差を自分でも大きく感じちゃうんだ。

律の熱い手が私の手を強く握る。

その手が汗ばんでいると気づいた。

するとやけに響いてくる速い心拍だって、私のものではなく、律のものだとわかる。

(そうか、今、律も本当に焦ってたんだ)

そう思うと、自然と笑顔になってしまう。

そんな私を見て、律は少し不機嫌そうに眉を寄せた。

「何笑ってるんだ」

「なんでもない」

クスクス笑いながら言うと、律は私の頬を撫でる。

見上げると、律に視線を絡めとられた。

それから甘い声で律が私に聞く。

「美海。キスしてもいい？」

「な、なんでそれ聞くの」

「さっき勝手にキスするなって怒ってたから」

目の前では、意地悪に律が笑っていた。

（あなた、さっきまで焦ってたはずだよね？）

もうすっかり余裕の表情に戻ってる律はやっぱりあまりかわいくない。

そのまま律の指が私の唇に触れた。

答えて、と言わんばかりに律が視線を私に合わせてくる。

「どうするか、美海が決めろ」

無理矢理されるなら理由がつく。でも、今回はそうじゃない。

長い時間そのままでいたけど、律は全然引いてくれなかった。

「美海」

甘い目で、声で、自分の名前を呼ばれた瞬間、ただ反射的にコクンと頷く。

それと同時、律の唇が自分の唇に重なった。

たぶんこれが、私と律が初めて心が通じ合ってから交わしたファーストキスだと思っていた。

六章

次の日の朝、起きると、目の前に律の顔があって驚いた。

「おはよう、美海」

「わっ、な、何。なんでここに律がいるの！」

私たち夫婦の寝室は別だ。

昨日の夜もしっかり自分の部屋の自分のベッドで寝た。

寝たはずなのだが、朝一でなぜか目の前に律の顔があったのだ。

あまりの驚きに、慌ててベッドサイドに置いてある防犯ブザーを手に取る。

その瞬間、ひょいとまたそれを取り上げられた。

「こら、なんでこんなものを持ってる。それに何個持ってるんだ」

「初実が無理矢理嫌なことされそうになったら使えって、たくさんくれた」

「初実め」

人を殺せそうな目で律がつぶやく。

初実ごめん、と思いつつ、初実と律は仲がいいので大丈夫だろうと思いなおした。

「それより美海、寝言言ってたぞ。大きな声で」

そう言われてギクリとする。

実は昨日の夜、律にキスされて、その後夢でも同じようにそうしたような気がするのだ。完全に思考が破廉恥だ。恥ずかしさで顔が爆発しそうだ。

「な、何言ってた？」

私がチラッと律を見ると、律はニヤリと口角を上げた。

「律好き、って」

顔が一瞬で熱くなる。

キスをする夢こそ見たけど、好きだなんて言ってない。いや、言ったのか？

「う、嘘だよね」

慌てて否定するようにそう言えば、楽しそうに律が笑う。

答えない律を睨んでみると、律はあたり前のように私の髪を撫で「すまない、それはただの願望」と言ってそのまま額にキスを落とした。

「な……」

（朝から、何やってるの！）

私が真っ赤になって固まっているというのに、律は勝ち誇ったような態度で笑う。

「何か反論があるなら聞くけど？」

私はキスされた額を押さえ、口をパクパクさせていた。

そんな私もすべて包み込むように目を細めて見られると、非常に落ち着かない。

「こ、こんなの、困る」

「なんで？」

「今までただの幼馴染だったのに。急に方向性チェンジされても対応できないよ」

私が言うと、律は困ったように眉を寄せた。

「まだそれ言う？」

「だってぇ」

律は呆れて小さなため息を一つ。

そのあと優しく私の頬を撫でて、まっすぐ私の目を見つめる。

熱を帯びた男性の瞳だとわかって、勝手に心臓が跳ねた。

「何度でも言うけど、俺は最初から美海のことは女性として見ていた。だから、あたり前にこういうこともしたかったし」

額にキスを落とされる。

それから——、

「こういうこともしたかった」

そのまま唇にもキスされた。

慌ててその唇を離そうとすると、後頭部を押さえられてそれは許されなかった。

長いキスのあと唇が離れると、律はとろりとした甘ったるい瞳のまま、嬉しそうに微笑んだ。その笑顔に恥ずかしくなって視線を逸らす。

「美海、照れてる？」

「これで照れない人がいたら見てみたいものデス」

「なら、早く慣れたほうがいいな」

クスクス笑われながら、また次は頬に軽くキスをされた。

「ちょっ……！」

律は真っ赤になった私を見て楽しそうに笑う。

（やっぱりからかってるんじゃない！）

律のペースは速すぎて、それに飲まれると息もできなくなる。

「も、もう少し私のペースにも合わせてほしい」

思わず律に言っていた。

それを聞いて、律は困ったように笑う。

「美海のペースを待っていたら子どもが生まれるだろ。俺は少し焦ってるんだ」

私が首をひねると、律は私のお腹に優しくそっと触れた。

「美海が俺に言わずに産もうとしたのって、たぶん子どもを守りたいっていう本能だと思う。美海はお腹の子どものこと、もう本能的に愛してるって思ったんだ。でも、俺のことは、正直、まだそこまではないと思うから」

「そんなこと……」

「ないって言いきれるか？　幼馴染や親友としては俺のこと好きで、信頼もしてくれてるってことはわかってる。でもその感情は異性に対しての愛情の類じゃないだろ？」

きっぱりそう言った律と目が合うと逸らせなくなる。

「俺は、美海に本気で俺のこと、男として好きだって思ってほしい。できれば、そう思ってから俺との子どもを産んでほしいと思ってる。だから、美海が戸惑おうが何しようが、俺のペースで本気で美海を落としにかかる。美海が俺のことを本気で好きだって、俺が欲しいって、心から思うまで諦めない」

そんなストレートな言葉に答えられないでいると、律は私の髪を撫でそれを一束取るとそこに口づけ、挑発するような目で私を見ていた。

その目を見ているだけで、もうこの瞬間に落とされているんじゃないかと思うほど、頬が熱くなる。

朝から恥ずかしさで顔が爆発しそうになっているというのに、やっぱり今日も律は朝食を作るときも、食べるときも、気づくと甘く蕩けるような目でじっと私を見ていて、完全に居心地が悪くなってきた。

(なんでそんなに甘い目をしてるの!)

幼馴染のそんな面を、知りたかったような、やっぱり知りたくなかったような……。

──本気で美海を落としにかかる。

なんて一体、律は何をするつもりなんだろう。

その甘い目で見てるのも作戦のうちの一つだろうか。

そんなふうに思ってしまうくらい、先ほどの言葉が頭の中で反響し続けていた。

とにかく気を確かに持とうと朝食後にテレビをつける。

テレビの中では私がよく見ていた朝の情報番組をやっていた。

「美海、いつもこれ見てるんだ」

「うん、毎朝なんとなく。男性アナウンサーの木内《きうち》さんの落ち着く声も好きだし」

「ふうん」

「律、いつも何見てる?　そっちにしようか」

「美海の好きなのでいい」

律が言う。そのとき、テレビは星占いに差しかかった。

「律って何座？」

「おとめ座」

「ぶっ！　知らなかった。に、似合わない……！」

思わず吹き出してゲラゲラ笑ってしまう。

「美海は？」

「いて座」

そう言ったとき、『いて座は、今日は恋愛運絶好調』と軽やかにテレビが告げる。

頭にポヤンと浮かんだ神様はやっぱり律のような顔で、『こんなイケメン幼馴染と仲良く朝食食べてるなんて、すでに恋愛運絶好調ですけどねぇ、アハハハ』と意地悪に告げる。

「恋愛運絶好調、か」

すぐに、ぶんぶんと頭を振って、その妄想をかき消した。

朝食を食べ終えると、身支度をしてエントランスまで律と一緒に出る。

そこで律に手を振った。

「じゃ、律もいってらっしゃい」

やっとこの心臓に悪い男と離れられると、内心ホッとする。

なのに、律は振っていた私の手をガシリと掴んだ。

「車だし、会社まで送る」

「だ、大丈夫だって。このマンション、会社まで一駅だからすぐだもん」

「だめ」

きっぱり否定されてから少々強引に駐車場に連れていかれ、車に押し込まれるように乗せられて車は発進する。

こんなふうに、朝一緒に律の運転で出勤するのはなんだか落ち着かない。

さらに朝からずっと律の調子がおかしいものだから、もっと落ち着かない。

運転する律の横顔、ハンドルを握る男らしい手。見てるだけでドキドキしてきた。

『本気で美海を落としにかかる』、きっとあの言葉のせいだ。

（あの言葉は本当に心臓に悪かった……）

そのとき、ポワンと神様が現れて、『恋愛運絶好調なんだからお前から手でも握ってやれよ』と破廉恥なアドバイスをしてくる。そんなことできるはずないだろ、と怒ってみても、楽しそうに周りをぐるぐる回るだけだ。

それも相まって、狭い車内では、心臓の音さえ相手に聞こえてしまいそうでやけに恥ずかしくなった。

そのとき、運転しながら律が口を開く。

「あのな、美海」

「な、何？」

今想像していた神様をなんとか妄想から追い出してみると、律は真剣なまなざしでまっすぐ前を向いていた。

「俺は、美海のやりたいようにやればいいとは思ってるが、仕事も本当にそのまま続けるのか？　心配だな」

律の声は聞いたことのないくらい、心底心配している響きだった。

私が破廉恥な想像をしている間、私の身体を真剣に心配してくれていた律を思うと自分が恥ずかしくて情けなくなった。反省しながら答える。

「だ、大丈夫よ。みんな優しいし。辛ければ時差通勤も認められてるし、産休育休しっかりとれるし、有休もたまってるしね」

「みんな優しいって、村野さんも？」

そう言われて、律は村野先輩を知っているのかと驚いた。

律は私の会社にも顔を出すこともあるし、知っていてもおかしくはないけど。

「村野先輩？　うん、もちろん。私が広報行ってからずっとお世話になってる」

「ふうん」

律の声が低くなる。

（なにか、怒ってる？）

意味がわからないまま、会社のビルの近くで律は車を停めてくれた。

やっとこの空間から解放されると、慌ててお礼を言う。

「ありがとう」

「あぁ、帰りも拾う」

律はあたり前のように告げた。

「え、いいよ。仕事忙しいんでしょ」

「持ち帰ってもできる仕事はあるから」

「それでも――」

言いかけたとき、律が私の頬を触る。

「ひゃっ」

何、と思って律を見ると、彼はそのまま、私の右手に自分の左手の指を絡める。

その仕草と律の妖艶な表情に胸がドキリドキリと音を立てる。

私が焦っているのを知ってか知らずか、律はその絡めた指に力を入れた。

「迎えに来る。言っておくけど、美海に拒否権はないからな」

そう言って、私の前髪を右手でかき上げると額にキスを落とした。

（ここ、外から見えないでしょうね）

焦りながら律を押そうとすると、彼はその手も掴んで手のひらにもキスをする。

朝から何度こういうことをされているんだろう。

これじゃ間違いなく、普通の新婚だ。いや、バカップルな新婚だ。

顔が限界まで熱くなって息が苦しくなったとき、やっと律が手を離してくれた。

「な、なんっ……！」

怒りたいのに、口から洩れるのは、言葉にならない声だった。

そんな私を見て、律は楽しそうに笑うと極めつけには私の頭を撫でた。

「じゃ、いってらっしゃい」

「い、いってきます」

車から出ようとしたところで心臓に悪いことをしたせいか腰が砕けそうになる。

それを見た律は素早く自分も車外に出ると、助手席側に回り私の手を取った。

その手の熱に、いちいち先ほどのことを思い出す。

なんと心臓に悪いことだろう。

なのに律はというと、さらにその掴んだ手に力を込め、優しく言う。

「すまない、最初からこうすればよかった」

「あ、ありがと。でも、恥ずかしいから、もういい。大丈夫」

「なら、今度から絶対こうしよう」

顔を上げると、ニッと意地悪く律は笑っていた。

〈律ってこんなキャラだっけ？　もしかして、ただの意地悪の進化系？〉

なんだか律がおかしい。

「……律、どうしちゃったの」

会社に着いて頭を抱えているとスマホが震えた。

見てみると、初実からメッセージが来ている。

〈妊娠と結婚生活はどう？　店にも顔出しなさいよ〉

そういえば初実には、結婚することと妊娠したことだけを報告したんだった。

そしてその後結婚祝いに送られてきたのが大量の防犯ブザーだった。

結婚式当日も、『あの腹黒男との結婚生活は大変だろうけど……あ、腹黒男じゃないね。律だったネッ!』と少々不安になるような言葉をかけてくれたのだ。

そう思って、悩みながらメッセージアプリを起動させた。

何をどう報告すればいいのかわからなくて、とりあえず現況を送る。

〈律がおかしい〉

するとすぐに返事がきた。

〈おかしいってどんなふうに?〉

〈なんか男の人みたいでおかしい〉

〈しっかり男の人でしょうが。だからあんたは妊娠したんでしょうが〉

その返しに思わず、ぐっと言葉に詰まる。

するとさらにメッセージが来た。

〈妊娠するなんておめでたいことでしょ〉

あっさりと初実は言う。〈ありがとう〉とウサギのスタンプを送った。

でもなんだかずっと不安なのはなぜだろう。

律も喜んでるし、両親も、最近妊娠報告した村野先輩も、部長も、初実も、みんなおめでとうって言ってくれるけど、私はなんだか手放しに喜べなかった。

全部思ってた順番ではなかったからかもしれない。全部全部逆だった。

それに律の言うように、私は彼を友だちとしては好きだと思っているけど、男性として本気で好きだと思っているのかわからなかったから。

それなのに子どもができたって、やっぱりおかしいよね。

そんなとき再度メッセージが届いた。

〈律はもう待ちすぎてるくらい待ってた。私からするとイマサラって感じだわ〉

——待ちすぎてるくらい待ってた。

それってどういう意味だろう。

その日、なんとなくその言葉が気になりながら仕事をこなし、帰ろうと社屋裏の従業員出入り口を出たところで律が立っているのが目に入った。

通り過ぎる女子社員がちらちらと律を見ている。

慌てて律のもとに行くと、腕を掴んで出入り口のかげに連れ出した。

「や、やめてよっ。ここにいたら目立つでしょ」

「美海が気にするから遠慮してたけど、もう遠慮するわけないだろ。夫婦なんだし」

「でも」

お迎えって、付き合いたてのカップルじゃあるまいし恥ずかしい。

それに会社の女子社員に知れすぎるのは、これからさらにやりづらくなりそうだ。

私がチラリと律を見ると、律は、何がおかしいのか、というように首を傾げる。

（これだから、俺様・律様は）

常人が思う羞恥心を持ち合わせていないようだ。

ぜひ今からでも常人の心を持っていただきたい。

「車あっちに停めてるから、少し歩こう」

先ほどの私の発言なんか全く気にもせず、律は私の右手を取る。

あたり前のように指を這わされ、指の間に律の指が絡む。

（恋人つなぎだ）

これだって街中でするのは初めてで、やけに緊張する。

元カレと手をつないだときに持った嫌悪感とはやっぱり全然違った。

ただ恥ずかしくて、つながれた手が熱くなって、その熱が顔にも伝わるとさらに顔も手もまた熱くなってドキドキした。

（子どもができて、結婚して、それから手をつないでデートみたいにこうやって二人街中を歩いて……これから好きになるの？）

やっぱり全部全部思ってたのと反対だなぁ、と考える。

そんなことを思っている間も、律の手はまだ強くつながれているままだ。

「ねぇ、律。もう離して？　は、恥ずかしいからっ」

「新婚が手をつないでいるのなんて当然だ。それに美海が転んでも困るし」

「転ぶって子どもじゃないんだけど」

困って律を見ると、律は不敵に微笑み、さらに強く手を握った。

（やっぱり困ってるのわかってやってる！）

律は、ハハ、と楽しそうに笑う。

「何、恥ずかしがってるんだ」

「こんなの慣れてないからに決まってるでしょう！」

私の男性遍歴を全部知ってるくせに意地悪だ。女性関係に慣れてる律とは違うのだ。

そう思ったところで、とんでもない燃料が投下された。

「そういうところもかわいいとは思うけど」

「か、かわっ……」

（この人、何言ってるの！）

律の辞書には『かわいい』なんて言葉は存在しないはずだ。

こちらは羞恥心で泣きそうになっているというのに、律はまだ続ける。

「でも、恥ずかしがるだけじゃなくて堂々としてほしいとも思う。俺たちは夫婦なんだって、美海も周りに言いふらしてほしいくらい」

真剣な顔で、真剣な目で、何を言い出したのだろう。

すでにそう言われるだけで恥ずかしくてたまらない。

「そんなこと言いふらす必要ないでしょ」

「俺は言いたい。会社中に、日本中に知ってほしい」

「へっ、変だよ。普通は大勢の人になんて知られたくないよ！」

思わず叫ぶと、律は楽しそうに笑う。

「美海が好きすぎて、俺が変になってるのは確かだな」

私のせいで変になるだなんておかしな発言なのに、ドッドッドッ！　とありえないほど私の心臓は大きな音を立てている。

私も相当変なのかもしれない。

それに気づかないふりをして、話を逸らしてみることにした。

「は、初実がまた店に来てって」

「あぁ、そうだな。初実にはいろいろと世話になったし今度一緒に行こう」

「初実と律って仲いいよね」

私が言うと、律は顎に手を置いて真剣に悩みだす。

「初実が俺と仲良くするのは仕方なくって感じだったな」

「どういう意味？」

「美海は昔から、人の悪意にも気づきにくいけど、それ以上に自分に寄せられている好意にも気づきにくいってこと」

そう言われて、首をひねる。

寄せられてる好意って言われても、男女問わず、誰かが私を好きだなんて言われてもあまり現実味がない。

私は妄想だけは得意だが、何もない人間だ。好きになられる要素なんて別にない。

すると律はまじめな顔で、急に道の真ん中で立ち止まって口を開いた。

「俺が今、どれくらい美海のこと好きだと思ってるかわかってる？」

「……どれくらい好きって」

この目の前の幼馴染は突然何を言い出したのだろう。

冗談、と一笑したかったのにそうできないのは、律の顔がやけに真剣だからだ。

顔が近づいてきてぎゅっと目を瞑ると、耳に唇を寄せられて、はぁ、と吐かれた熱い息が耳にかかる。

「軽い好きなんてものじゃない。美海のこと朝も昼も夜も夜中も、ずっと抱きしめて、それからキスして。美海が俺なしでいられなくなるくらい甘やかして、それから——」

「ひぃいいい！　も、もうやめてぇえええ！」

思わず耳をふさいで、律の言葉と熱を遮っていた。

なのに律はキョトンとした顔をする。

「まだ全然伝えきれてないのに」

「それ絶対、新手の嫌がらせでしょう！」

「まさか。愛情に決まってる」

律はニッコリと笑う。

（どこまで本気？　ねぇ、律！）

やっぱり新手の嫌がらせだよねと思ったとき、律が急に私の頬を撫で、また顔を寄せてきた。

先ほどのように耳元に唇を寄せるのかと思えば、唇に一直線にやってくるそれを慌てて両手で止める。

すると律は怒ったように眉を動かした。

「ちょ、な、何」

「キスしようかと思って。だから、この両手を退《ど》かせ」

「その独特な間、やめて！　そもそもここ外だし！」

「じゃ、希望に応えて車まで我慢してやる」

「車も外と同じだって知ってる？」

「それは知ったことじゃないな」

律は意地悪にクスリと笑うと、私の手をもう一度握り少し速く歩き出した。

「え……本気？　本気じゃないよね？」

ドギマギとしながら律について歩き出す。

駐車場に着くと、車の助手席のドアを開け、「どうぞ」と言われた。

そんな紳士的に扱われれば、相手が律でもときめいてしまうのは仕方ない。

とはいえそのまま素直に車に乗るのは、先ほどの言葉も思い出して躊躇してしまう。

「さっさと乗れ」

冷たい言葉とは裏腹に、優しく肩を持たれそっと助手席に座らされた。

律が隣の運転席に座る。それを見てやけに心臓の音が速くなった。

律にじっと目を見られて、思わずまた固まる。

（まさか本当にキスするつもりじゃないでしょうね）

そう思ったとき、律が近づいてきて覚悟して目を瞑ると、彼はまたクスリと笑う。

「シートベルトして？」

そして、私のシートベルトをしめたのだった。

「わ、わかってる！　自分でできるからそこまでしないで！」

慌てて返せば、愛《いと》おしそうに目を細められる。

その甘ったるい瞳がいちいち落ち着かない。

何よ、と無理矢理睨んでみても、余裕の表情で「さっき、キスされると思った？」と笑って返されるのだから、絶対にからかわれていると思わざるを得ない。

「まさか！」

そう否定したけど、さっきはキスされると本気で思ってた。

（でも別に期待していたわけじゃないから）

そう思ったとき、唇が撫でられた。

「な、何……？」

「ほんと、アイツ腹立つ」

「アイツ……？」

「カメゴン」

カメシマゴンタという衝撃の名前だった私の元カレ。いや、私の詐欺師？

その名前がなぜ出てきたのかわからず首をひねると、律の眉が不機嫌そうに寄った。

「最後までしてなかったのは本当によかったけど、なんで勝手にキスなんてしてるんだ？　誰がそんなこと許した？」

「って、それ、律とこうなるより前のことで、んっ！」

言い訳の最後はキスにかき消された。

（キスされるかもって想像してたけど、思ってたタイミングと全然違う！）

思わず律の胸をググッと押す。

律がその押した手を掴み、嫌な予感がした次の瞬間、あたり前のように舌を差し込まれた。楽しそうに這いまわる舌を追い出そうとしても経験値の低すぎる私には無理な話で、ただ、それに翻弄されるままに貪られた。

ふと車内だと思い出して、泣きそうになる。

家ならよかった。よくはないけど、こんないつ人に見られるかわからない場所でこんなことされるよりよっぽどよかった。

そう思って、涙が頬に伝ったとき、律の唇がやっと離れる。

それから濡れた頬を唇で拭われる。

自分がそうしたのに、労わるように優しく。

「泣くなよ。そんなに気持ちよかった？」

「ばっ、バカ！　そんなはずないでしょ。外でこんなことするなんて頭おかしいよ！」

私が罵倒すると、そうだよ、と律はそれをあっさり認めた。

それから私の視線を絡めとる。

「俺は美海のせいでおかしくなってる。あの詐欺師も、思い出すと腹が立って仕方ない。せっかくなら証拠集めて、社会復帰できなくなるまで叩きのめしたかった」

「だめだって！　大学のときの痴漢にもやりすぎだったよ」

私は焦って叫ぶ。どうもこの人はやりすぎる節がある。

これまで本当に弁護士として冷静に仕事ができていたのかとさえ思う。

なのに律は不機嫌そうに眉を寄せると低い声で加えた。

「全然やりすぎなんかじゃないだろ。美海に勝手に触れるなんて許せない。なのに、美海はあのときも『もうやめてあげて』って泣いて痴漢にまで同情して俺を止めて……。もう、どれだけバカなのかと思った」

バカだという言葉に思わず閉口する。

痴漢相手に全く容赦する様子のない律に、泣いて、もうやめてあげてと言ったのも確かだ。

しかし、律に助けてもらうまでずっと怖かったのも事実で、そんな相手をもう許してあげて、だなんてバカだと言われるのもわからなくもない。

大学生のあのとき、私は怖くて声すら出せなかった。

あのときは律と物理的にも精神的にも離れていた時期で、助けてもらえるだなんて考えてもなくて。かといって他の誰かに、助けを求めることすらできなかった。

そうしているうちに相手もそれをよしとして続けてきたようにも思う。

ただ、たまたま同じ電車に乗り合わせた律に、思わず『助けて』と口パクで助けを求めて、そんな私を律はきっちり助けてくれた。

それに私は救われたから余計に相手も許してあげたくなったのかもしれない。

「そもそもあれは私だって悪い話で」

本当はもっと早く律に助けを求めていれば結果は違ったかもしれない。

私が視線を下に逸らせると、きっぱりと律は、「そうだよ」と答えた。

「無防備な美海も悪い」

「えぇっ」

（突然私に矛先が向いた。さっきまでカメゴンと痴漢にお怒りだったのに！）

急な律の方向転換に私は焦る。

そうしていると、律は私の髪を一房取って、それに口づけた。

その甘い仕草に、一瞬見惚《みと》れてしまって慌てて首を横に振る。

なのにドキドキし始めた心臓は、律の真剣な顔を見てそれまで以上に高鳴った。

「こうやって、今回だって簡単に丸め込まれて結婚して。これ、他の男が相手でも結婚してたわけ？」

「な、何言ってるの？　そんなわけないでしょ」

律が相手だったから、こうして結婚したんだ。

「美海」

甘い響きをはらみながら名前を呼ばれて目が合う。

そうなったらもう逸らせなくなっていた。

「これからは俺だけを見ろ。俺だけを好きになれ」

命令口調のくせにやけに切なげな声でそう言ってから、律の手が私の手を握る。

予想外に熱い律の手に、自分の手も、そして脳さえもしびれる。

「俺はもう絶対に美海を離さないから」

その声すら耳の奥を甘く刺激して、心地よい感覚にそっと目を瞑った。

夜、ベッドの中で、そういえば初実に返信していなかったな、と思ってスマホを取り出し画面を見てみると、もう一通メッセージが来ていた。

あのあと、初実から追加で来ていたらしい。

〈美海だって、律のこと好きだったんじゃないの？〉

メッセージを読み言葉に詰まる。

初実の言う通り、少なくとも私は、中学時代、律が好きだった過去がある。

でも、その当時の律は、どんどん背が伸び、成績もとびぬけてよくて、スポーツもでき、毒舌も今より抑え気味の男の子で……その上、時々ふんわりかわいく笑うため、とんでもなくモテだしていた時期でもあった。

中学に入って最初のうちは、律に普通に話しかけていたが、少しずつ距離ができた。父が友人から借金を肩代わりさせられそうになった事件があったのもその頃だ。

律の父親に助けてもらったことで、少し離れつつあった距離がまた少し近づき始めた気がしていたのだ。

しかし、それが、律が好きな女子たちの前では反感を買ってしまい、次第に嫌がらせじみたことをされるようになった。律は当時違うクラスだったので知らないだろうが、初実は同じクラスだったのもあり、嫌がらせに気づいた彼女が本気で怒って、その嫌がらせを仕掛けた女子と言い合いになったこともある。

私は初実まで巻き込んだ事実にひどく落ち込み、いつしかさらに律を避けて過ごすようになっていた。

そして中三、せっかく律と同じクラスになったにもかかわらず、律と話すのはおろか、近づくことすらできなくなった。

ただただ、女子に囲まれる律を、指をくわえて外野から見るしかできなくなっていたように思う。

なのに不思議なもので、そうしているうちに律に対する感情がもしかしたら恋心というものではないだろうか、と日に日に強く思い、悶々とした日々を送った。

そんなある日。

「律、海王《かいおう》高校受けるらしいよ！」

そう言ったのは初実だ。初実は友人が多いためか情報が早い。

海王といえば、他県の有名私立高校だった。

私はてっきり律はこの学区にある地域で一番頭のいい高校を受けるものだと思っていた。だから女子高一択の私とは離れると思っていたけど、まさかそんな県外の、ましてや全寮制の高校を選ぶなんて思ってもなかったのだ。

「美海、告白するなら、今だよ」

「でも」

「でもも、モモも、ない！」

「いちいち焼き鳥に例えないでよ。焼き鳥屋嫌いなくせに焼き鳥好きなんだから」

「鳥に罪はないからね。で？　どうするの？」

「どうするのって、どうもしないよ」

「私は別に律なんかと付き合ってほしいわけではないけど、このまま離れたら美海が絶対に後悔するよ。付き合う云々はあのお母さんのせいで難しいかもしれないけど、気持ちくらいは伝えたら？」

初実は、その当時もしっかりしていて、ピシャリと私に言った。

確かに好きだと告白して付き合うだなんて、想像もしていない。

自分の好きが、付き合うような好きなのかもはっきりはしていなかった。

ただ、この気持ちの吐きどころがなくて、ずっと悶々としている日々が苦しいのも確かなのだ。

中三のとき、律は生徒会に入っていて、毎日帰りが遅かった。

帰りを待ち伏せるにも相当根性がいる。

帰りが遅くなれば何をしていたのだと母に叱られるかもしれない。

(でも私、このまま律と別れて、本当にいいんだろうか?)

そう思って、今の気持ちを素直に伝えるくらいいいだろうと決めた。

もちろんその先を望んでいるわけではなかった。

『結婚が決まるまで手さえ握らせるな! 妊娠するぞ!』と言った母の言葉が頭にしっかりこびりついているから、先なんて恐ろしくて考えられなかった。

それでもどうしても伝えたい。そんなふうに思ってしまったのだ。

そもそも言葉や行動で示すのは苦手だったのでラブレターを書いた。

何度も消して、書き直して、結局三日も徹夜するはめになった。

その日、私は律の生徒会の用事が終わるのを教室で待っていた。

律も同じクラスで、ちょうど律が椅子に自分の制服のブレザーを忘れていたので、きっとこれを取りに戻ってくると思ったのだ。

律を待っている間、緊張と興奮、そして三日徹夜の眠気と戦っていた。

そのうちウトウトしてきて……目を瞑ると、律の顔が思い出される。

夢でまで律を見るのに、実際会うと恥ずかしくて手紙を渡すことすら精一杯だろう。

それでも、渡したい。

迷惑がられても、律に私の気持ちを知ってほしいと思ったのだ。

あんなに小さかった律が中学に入る頃には私の身長を追い越して、いつの間にか見上げなければならなくなってた。勉強もスポーツもできて、なんでもそつなくこなして、頼まれて生徒会長までやっていた律は、女子だけでなく男子にだって信頼されていて……私はその律との差が、悲しくて、寂しくもあった。

私に告白されたら、律は困るだろうか。それとも、自分も同じように考えてた、って言ってもらえるなんて都合のいい話、夢だけなら許されるだろうか。

はっと目が覚めると、教室に射していた日はすっかり傾いていた。

律の机を見ると、さっきまであった彼のブレザーがない。慌てて律が行ったであろう方向に走った。もう追いつかないかもしれない。なんたる失態！

間抜けな自分を恨みながら、すごく焦って走っていた。

（今日を逃したらきっと絞り出した勇気がまたどこかへ引っ込んでしまう）

そんな気がしていたんだ……。

校門までつながる道の校舎の陰。

そこに律の姿を見つける。

胸がどきりとして、覚悟を決めてもう一度走り出した。

そのとき、そこにいるのが律一人ではないと気づく。

一緒にいるのは誰だろうと思って見てみると、相手は学年一美人な姫白《ひめしろ》さんだとわかってしまって息をのんだ。

姫白さんは私に嫌がらせをした中心人物で、律を好きだと言って憚《はばか》らない女子だ。

一瞬、姫白さんと目が合った。

目を逸らそうと焦った瞬間、姫白さんは口角を上げて、律にキスをしたのだ。

まるで私に見せつけるように。

(律、姫白さんと付き合いだしたんだ。あれだけモテるなら彼女くらいいるよね)

全然そんなふうに思ってもなかった自分が憎らしい。

しかも、相手があの美人では勝てるはずもない。

いや、もともと勝つ気なんてないだろ、と独り言《ひとご》ちた。

帰り道、なぜか涙がこぼれて、そのうちワンワン泣きながら三日も徹夜したラブレターを半分、そしてまた半分に千切って途中にあった公園のゴミ箱に投げ入れた。

まるで陳腐な失恋ソングみたいな行動をとってみると、少しはすっきりしていた。

そのとき、私のほのかな恋心はあっさり散った。

あの日、ラブレターと一緒に捨てたのだ。

家に帰ると今日ラブレターを渡すと告げていたからか、心配してくれた初実がいて、その彼女の胸の中に飛び込んで泣いた。

初実は私の話を、ただ静かに聞いてくれていた。

それから、そもそもあんな、みんなの王子様に告白すること自体、幼馴染とはいえ、かなり図々しい話だったなと思いなおしていた。

幼馴染としての律との関係を壊そうだなんてバカだった。

律を好きだった思い出は、四つ葉のクローバーみたいにしおりに閉じ込めて、ふたをすればいい。そう決めた。

今は辛くてもきっと忘れられる。普通の幼馴染に早く戻ろう。

恋心なんていらない。律とは昔も今もこの先の未来も、いい友だちのままなのだ。

そうこうしているうちに、すぐに次の春は来て、律は難関校に見事に合格して寮暮らしとなった。私は近くの女子高に合格して、律とは全く別の道になった。

そして、律を吹っ切るように楽しい高校時代を過ごした。

女子高だったし、初実も同じ高校に進学したから余計だ。

友だちと寄り道したり、髪を染めてみたり、化粧も試してみたり。

恋愛面を除いては、普通の女子高生らしい女子高時代だった。

でも時々律を思い出して、律に写真だけのメールを送っていた。おいしいもの、楽しいこと、かわいいと思ったもの。今、私はこれだけ充実しているのだと見せつけるように写真を送っていた。律からの返事はいつも〈また送って〉だけだった。

そんな中、隣の男子高の生徒に告白された。

自分には恋なんて無理だと思って断っていた。

さらにそのまま、私たちは別の大学に入って、律は寮ではなく一人暮らしを始めた。

メールの本数も次第に減っていった。


そして久しぶりに再会したのが、大学のあの日。

私が電車で繰り返し痴漢に遭っていたあの日だ。

そのとき、別の大学に通っていた律がたまたま同じ電車に乗り合わせた。

私は律を車内で見つけて思わず、助けて、と唇だけを動かしていた。

律はすごい勢いで相手を捕まえ、他の乗客の前でつるし上げた。

彼はその痴漢にぐうの音も出ないほどの証拠を突きつけ、言葉で叩きのめし、さらに泣いて謝る相手に対して決してその謝罪は受け入れないまま、相手の家族まで巻き込んだ裁判まで起こそうとした。

私はというと、嫌な目に遭いはしたが、捕まえてみれば、仕事が大変すぎてそんなことをしてしまったという痴漢があまりにも不憫《ふびん》になってしまった。

ただ、律はそんな状況を聞いても、相手を責める手を止めようとはしなかった。

最終的には、もうやめてあげてくれ、となぜか私が泣いて律を止めたことは記憶にしっかり刻まれている。

裁判は起こさなかったものの、なぜかその痴漢は会社も退職していた。

痴漢が自分から退職したのか、それとも律が退職まで追いやったのか、怖くて真相は聞けていないが、後者の確率が高いのではないかと踏んでいる。

久しぶりに直接会った律は、威圧的で、怖くて、何を考えているのか全くわからない男の子に変わっていた。

痴漢に対して言葉を荒らげることなく、静かに紫色のオーラを纏《まと》って理論的に追い込んでいく律を見て、この人だけは絶対に敵に回してはいけない、と助けてもらったはずの私は真剣に思っていたくらいだ。

そして一通りの処理が終わったあと、『困ったときは一人で悩むな。何かあれば必ずすぐに相談するように。バカみたいに遠慮して隠そうとするなら、それがバレたときはそれ相応の覚悟をしとけよ』と脅すように言われた。

俺様・律様、爆誕の瞬間だった。

そして半年前、律が私の会社の顧問弁護士になったと知る。

それから偶然にも、初実の店でよく会うようになった。

一瞬、青春の四つ葉のクローバーがしおりから飛び出そうになったものの、街中で律が美人な女性と歩いているところを目撃してしまい、その四つ葉のクローバーを慌ててしおりに仕舞いなおした。

律は出来の悪い幼馴染が心配で相談には乗ってくれるけど、女性の好みは間違いなく私ではない。

それは中学時代に、はっきりと思い知ったはずだ。

もう一度そう強く心に刻みつけた。

あの日、大泣きした夜の公園。破り捨てたラブレター。

あのときの肌寒さだって、見上げた夜空の月だって、全部鮮明に覚えてる。

もう勘違いなんてしない。

『私、恋をしようと思う!』

だから初実の店で、律の前で誓った。

律は、そんなもの美海にできるはずないだろ、と全力でバカにした。

そして律の嫌な予言通り、三人の男との黒歴史を刻んだのだけど。

それから三人目の彼氏に振られて、二人酔った勢いで一夜をともにして、妊娠して、流れるように結婚して……。

律との甘い日々に毎日戸惑ってる。

今更、素直になれるはずなんてない。

それくらい私の気持ちはあのときから拗れ切っている。

なのになんで、――これからは俺だけを見ろ。俺だけを好きになれ。俺はもう絶対に美海を離さないから――なんて、今更そんなことを私に言うの。

ねぇ、律。私はこのままずっと律の近くにいていいのかな？

七章

その日は会社の午前休を取って妊婦検診だった。

律がいつも通り会社まで送ると言うから、今日は検診だからいいよ、と言えば、早く言え、と叱られ、律は早々にどこかに電話する。

その後私を、優しく、ただ逃がさないというように車の助手席に座らせた。

「確か、柏木《かしわぎ》総合病院の産婦人科だよな？」

「なんで知ってるの」

「なぜ知らないと思った。わかるだろ」

母が助産師として勤めていた病院だからわかるのか。

病院に着くと、律は一緒に病院内までついてくる。

「えっと、一緒に来るの？」

「だめなのか？」と威圧的に問われれば、「いいけど」と答えるしかない。

律はお腹の子の父親だ。だめなわけはないだろう。

「ほら行くぞ」

律はそう言うと、私の手を取って、病院内に私より堂々と入っていく。

（慣れてるわけじゃないよね？）

こっそりそう思いながら律に連れられて歩いた。

妊娠が決定打になったのが前に住んでいたアパート近くの別の病院だったのだが、結婚式をする直前に転院した。

律が母に、私が妊娠しているという嘘——結果的には律は知っていて言っていたようだが——のおかげで、母は私が妊娠していること前提で産婦人科はここにしなさいと薦めてくれたのだ。

考えてみれば、母の薦めでこの産婦人科に来た時点で、律にはいつ妊娠がバレてもおかしくない話だったが、当時の私は混乱からかその考えには及んでいなかった。

ちなみに私の担当医は、柏木総合病院産婦人科の柏木加奈《かな》先生だ。

その名の通り、柏木総合病院の跡取り娘だが、娘といっても母よりも年上である。

ただ、本当の年齢に比べて、かなり若く美しい見た目と、確実な腕を持っている上に、明るく話しやすい性格なので患者さんからの信頼も厚い。

この病院は一か月前に母が北海道に引っ越すまで勤めていた病院でもあるが、私が生まれた病院でもある。

なので、安心できると思ってこの病院で出産すると決めた。

「あら、はじめまして、よね。美海ちゃんの旦那さんで、律くん」

診察室に入った私たちを柏木先生がそう言って迎えた。

なぜ律の名前を知っているのだろう。

もしかしたら母子手帳かな。つい最近律の名前を書いたところだ。

まさかとは思うが、やはり誰かを過去に妊娠させたわけではないだろうな、と思わず律を睨みつけてしまう。

しかし律はそんな私を気にもせず、先生に頭を下げた。

「美海がお世話になります。美海と子どもをよろしくお願いします」

「あらぁ、いい人じゃない。真美《まみ》さんの言ってた通りね」

真美さん、とは母のことだ。突然思わぬ方向から母の名前が出て驚く。

「え？　母が何か言ってましたか？」

「美海は幼馴染の律くんと結婚するだろうし、子どもができたらここにお世話になるだろうってずっと言ってたから」

「ずっと、って」

先生が律の名前を知っていたのは母のせいだというのはわかったが、ずっとというほど私と律が結婚してから日は経っていない。まだ一か月ほどだ。

これも母の予言の一種だろうか。

「一体母は、いつから律と私が結婚するなんて話してたんですか」

「美海ちゃんがここに来る半年前くらいかしら？　もう少し前かな」

その頃は妊娠どころかまだ例の夜すら過ごしていない頃だろう、と首を傾げた。

律と私はまだ完全に友だち関係で、そもそも母は律に再会していないような。

真剣に考え始めたところで、律がその話を遮るように私に言う。

「エコー見るの楽しみだな」

本当に楽しみにしているような律の顔を見て、きゅう、と胸が締めつけられた。

こんなに喜ぶなら、前回から連れてきてあげればよかったとまで思う。

さらに内診でエコーを見たら、律が想像以上に感動して泣きそうになっていた。

「これ、写真もいただけるんですか？　持っておきたいんですけど」

「もちろんよ」

律が聞き先生が答える。その様子を見て、すごく温かい気持ちになった。

先生は律にニコリと笑うと、次は私のほうを見て言う。

「順調に大きくなってるわ。つわりは大丈夫？」

「はい、どちらかと言うと食べづわりみたいで。なんでも食べたくなって困ってます」

食欲が以前にもましてあるのは間違いない。

食べていないと気持ち悪くなるので体重は右肩上がりだ。

「今は食べられるものを食べなさい。あ、でも、もちろんお酒はダメよ」

「はい」

思わず苦笑して頷く。

お礼を言って診察室を出ようとしたところで、律が先生に向かって口を開く。

「先生、少し二人でお話をしてもよろしいでしょうか？　それで、申し訳ないけど、美海は外の椅子で待ってもらっていい？」

「え？　もちろんいいけど」

いいわよ、と先生も答えて、律が診察室に残った。

それから十分ほどして律は出てきた。

「何かあった？」

「ううん。次からの検診の日程を聞いただけ」

律は微笑む。

（もしかして、私が検診の日程教えてなかったの、根に持ってる？）

律を見ると彼は楽しそうに笑って目を細め、私の髪を愛おしそうに撫でた。

それからも、律は毎日たった一駅先の会社まで送迎してくれて、食事もできる限り一緒にとるようにしてくれていたようだ。

時々律が料理を作ってくれるのだが、それがまたとんでもなくおいしく、品数も豊富で、彼の料理の虜《とりこ》になりつつあった。

今日のメニューは、ほうれん草と人参のナムルに、ブロッコリーと蒸し鶏のサラダ、タラの野菜あんかけに、きのこと野菜と豆腐の味噌汁。そして極めつけが、土鍋で炊かれたつやつやの白ご飯だ。

味も、バランスまで最高で、料理人になればいいほどの腕前だと思う。

ストレスが溜まったときなのかどうかはよくわからないが、律は仕事の合間に憑《と》りつかれたように料理をしている日もあった。

あまりの真剣さに心配になったくらいだ。

そして律は、私と食事を済ませたあとにまた仕事をしている夜も多かった。

夜遅くにリビングに行けば、少しラフな格好で、眼鏡をかけて仕事をしているところに遭遇する。

結婚して一緒に暮らし始めて知ったのだけど、律は普段コンタクトらしく、夜になると眼鏡をしていた。

そのギャップにドキリとしたのは、律には秘密だ。

その日も夜にリビングの明かりがついていて、仕事をしている律がいた。

「律、また起きてたの？　早く寝ないと」

パソコン画面に並ぶ難しそうな文字の羅列に、仕事の書類だろうな、と思う。

私の職場も繁忙期は忙しいが、それ以外の時期は基本的に定時で帰れるし、もちろん仕事の持ち帰りもない。律の忙しさと比べれば天と地の差だ。

そのとき、テレビでよく見る、偉そうに椅子に座っている社長や役員像をポワンと思い浮かべていた。律は思っていたのと全然違う。

「副所長って、偉そうにふんぞり返ってるのが仕事じゃないんだね」

「おい、どんな妄想だ」

私がつぶやくと、律は不満そうに低い声を漏らした。

怒ってはいるが、いつものようにツッコミに切れ味がない。

「仕事量多すぎない？　うちの顧問弁護士だって律が中心だよね？　うちなんて他の企業に比べたら小さな企業だろうにそんなことまで全部律が担当してるの？」

私と結婚するまでどんな生活をしていたのかは知らないけど、私と結婚して忙しくなっているような気がする。

送迎もしてる上に、料理だって進んで自分からしたがるし。

(なんでそんな無理ばかりするの?)

そんなふうに思っていると、律はふっと顔をほころばせて口を開く。

「美海の会社は特別だ」

「どういう意味?」

私が言うと、律は苦笑する。そして私の髪に優しい手つきで触れる。

眼鏡の下の男らしい瞳に見つめられると逸らせなくなっていた。

律がかけていた眼鏡を外す。

それを見て、キスだ、と思った瞬間、唇が合わさる。

ちゅ、と唇をくっつけるだけのキス。唇が離れるともう一回、次は少し長いキス。

律からのキスに、もう抵抗することはなかった。

唇が離れた瞬間、律は目じりをさげて笑うと、コツンと額に彼の額をくっつけた。

「なんだ、今日はやけに素直だな」

「眠かったからだし」

あたり前に受け入れた事実が恥ずかしくてそう言ったら、律は小さく声を上げて笑っていた。甘い響きがやけにくすぐったい。

律と過ごす時間が増えていくたびに、私は戸惑いながらも、律との甘い時間を少しずつ心地よく思ってきていたのだ。

（もう絆《ほだ》されかけてるとか、私ってやっぱり単純なのかなぁ）

目の前の律を見つめると、まるでもっと絆されろとでも言うみたいに、もう一度私の唇にキスを落とした。

一か月ほどしたその日、早朝から仕事だと律が出ていってしまい、ぼんやりと一人、朝の情報番組を見ながら朝食をとっていた。

いつもなら、好きなアナウンサーの顔でも見れば元気になれたのに、なんだか元気が出ない。その理由が、律がいないことだと気づいて頭を抱えた。

「何それ……」

自分で自分が信じられない。

いつのまにか律がいるのがあたり前になっている。

相手はあの律だ。俺様で意地悪でずっと幼馴染だったあの律なのに、なぜか今ここにいなくて、恋しいとまで思ってる。おかしい。絶対におかしい。

なんだか悔しくなって、律の嫌なところを思い出してみる。

意地悪、バカって言う、何考えてるのかよくわからない。なのに、気がつくと蕩けそうな甘い目でこちらを見ている、私の好きなものばかり買ってきたり作ったりしてくる、一緒にいるとドキドキして落ち着かない、顔がやたらいいから目の前に来ると心臓に悪い。

そう考えながら、これは嫌なところなのだろうか、とため息をついた。

やっぱり絆されかけているようだ。

そして視線をテレビに戻して、律の用意してくれていたノンカフェインコーヒーを一口、と思ったところで、ぶふぉっとコーヒーを吹き出しそうになった。

むしろちょっぴり吹き出した。

「り、律！」

テレビ画面の中に律が映っていたのだ。

『新進気鋭の若手弁護士』

そうテロップが出ている。

そして私の好きなアナウンサーの木内さんと話している。

なんてうらやましい……とも思いながら、テレビ画面の中で堂々と話している律から視線を逸らせなかった。


「ダンナが朝テレビに出てたろ」

その日の昼、広報誌に載せる営業部員への取材のあと、村野先輩が社食でうどんでもおごってやる、と言うものだから気軽についていった。

そしてトレーを持って座り、食べようとしたところでこの一言だったのだ。

「ぶっ」

タイムリーすぎて私はうどんを吹き出しそうになった。

鼻から吹き出さなかっただけ自分を褒めてやりたい。

実は、朝だけでなく今日の取材のときも、何度となく今朝の律を思い出していた。

「そもそも、テレビに出るって知らなかったのか？」

「全然知りませんでしたよ。今までテレビなんて出てたんですね」

「まぁテレビ出てるのは初めてかも」

ふと村野先輩が言う。

「そうですよね？」

「今まで断ってたって聞いてたけど」

「……へ？」

なんで村野先輩がそれを知っているんだ、と思って先輩を見ると彼は続けた。

「テレビ見てて思ったけど、夏目先生ってほんとすごい人なんだよなぁ」

私もそうは思っていた。

テレビの中できびきびと話す姿には嫌でも惹きつけられた。

（律はもともとなんでも器用にこなすタイプだったけど想像以上だった）

そんなふうに考えていると、村野先輩は私の目をじっと見てくる。

「自分のダンナ、かっこいいと思っただろ？」

ズバリと問われれば、ただ閉口するしかできない。

「お前の好きな木内アナアナウンサーよりな」

「なんで私が木内アナが好きって知ってるんですか」

「確か、お前、広報来たとき、外部広報だと思って『いつか木内アナに会えますかね』って言ってたよな」

まさか過去の私の恥ずかしい発言をまだ覚えているなんて……。

「で、どうだったんだ？　惚《ほ》れ直したか？」

そう言って、村野先輩は食べる箸を止めて私を見る。

私は少し考えると、口を割った。

「まぁ、はい。惚れ直したといっても、やっぱり夏目先生って見た目はいいし、つい夏目先生を見てしまったってことですよ？」

「ほんとかっこいいよな。同性から見てもそう思うんだからお前もそう思ったろ」

なんだかしつこく、かっこいいって言葉を繰り返されている気がしないでもないが、村野先輩もそう思ったので単純にそう言っているだけだろう。

「はい、確かに私もかっこいいって思いましたよ。だって、あんなふうに仕事のこと話してるとこなんて普段は絶対見られないし、それに、もっと……なんていうか仕事では厳しい感じだと思ってましたから、あんな笑顔も仕事で出すんだなぁって」

なんとなくだが、律の表情が柔らかかったように思った。

話す合間に時々見せるはにかむような笑顔に、女子アナが釘づけになっていたのを私は見逃さなかった。

「女子アナ、目がハートだったな」

「私もそう思いました」

「嫉妬したろ」

「……少し」

そう答えると先輩はニヤニヤと笑う。

なんですか、と怒って返せば、なんでもない、とさらに笑われた。

それを見ていると自分の発言が恥ずかしくなって、もう絶対に先輩に素直な気持ちなんて言ってやるものか、と頬を膨らませてしまう。

先輩は、ごめんごめん、と気持ちのこもっていない謝り方をしたあとピシリと言った。

「夏目先生はさ、もともと仕事も驚くくらい完璧にこなす人。周りからの信頼も厚いしね。お前、そんな人の奥さんなんだぞ」

思わず眉を寄せる。

わかってる。わかってるつもりだったけど、実際はきちんとわかっていなかったのかもしれない。変な話だけど、今更、律も大人になってて、真剣に仕事して、努力して、信頼されて……そんなふうにこれまできちんと積み上げてきていたのだと、言葉ではなく実感として沸いてきているのだ。

でも一つ不思議なのだが——。

「どうして村野先輩が、急にそんなに律のこと褒めるんですか」

これだ。今まで村野先輩ってこんなに人を褒めただろうか。

別に褒めないわけではないが、少し不自然だ。

そう思っていると先輩はいたずらが見つかった子どものような顔をした。

「今月ピンチなんだよ。デートのしすぎで」

「はい？」

私が首を傾げたところで、後ろから聞き覚えのある声が、お疲れ様です、と言った。

嫌な予感がして振り向くと、律がランチの載ったトレーを持って立っている。

「律！　なんで！」

「打ち合わせ。ついでに社食へどうぞってメールもらってたから」

「誰から」

思わず聞くと、律は村野先輩に視線を合わせていた。

「まさか先輩？」

「あぁ」

（いつの間にこの男たちは結託してるんだ！）

先輩は、私の隣が空いてるよ、と軽く律に言う。

律はあたり前のように私の隣に座った。

突然律に遭遇した恥ずかしさに加え、今朝一人で食べた朝食や、テレビのこと、先ほどの会話を思い出して、さらに顔まで熱くなった。

(律、聞いてなかったよね？　さっきのは絶対聞かれたくない！)

さらにはスーツ姿の律を昼に会社で見るのは久しぶりで、視界に少しでも彼が入るだけで心臓の音まで速くなる。

その気持ちを誤魔化すように、咳《せ》き込《こ》んでから口を開いた。

「っていうかさ、律、テレビ出るなら出るって言ってよ。録画くらいしたのに」

「別に俺のなんて録画する必要ない。ただのサプライズだ」

「サプライズすぎる」

私がボソリとつぶやくと、律が楽しそうにケラケラ笑う。

その姿までかっこいいと思えてしまった自分を殴りたくなった。

「でも、なんで今まで断ってたのに出たの？」

「美海が見てるからだ」

「え？」

まっすぐ律は私のほうを向いて、真面目な顔で聞く。

「惚れ直したか？」

心臓に悪い言葉と顔に、固まるしかできなかった。

（なんでそんな心臓に悪いこと言ってくるの。こんなとこで攻撃仕掛けてくるな！）

「そんなはずっ」

ない、と否定しようとしたとき、さらりと村野先輩が加える。

「惚れ直したって言ってたよ。かっこいいって」

（この裏切者！）

本気でそう思ったとき、先輩は先ほど机の上に置いた、取材資料と一緒にあるレコーダーを、指でとんとんと指した。

じっと見てみると、赤いボタンが光ってる。

（ちょっと待って。なんで光ってるの？）

奪おうと手を伸ばしたけど、先にひょいとそれを手に取ったのは村野先輩だった。

「なっ、なんですかそれ！」

「いやぁ、広報取材のときに録音ボタンを押してたのがそのままになってたなぁ。法上が朝、夏目先生をテレビで見た感想まで入ってしまってるだろう。シマッタシマッタ」

最後は棒読みで村野先輩が言い出す。

（あなた今までそんなミスしたことないですよね！）

すると、それを聞いてニヤリと笑った律は、レコーダーを指さした。

「それ美海の部分だけ買いましょう」

「食券十枚でどう」

「安いな、ありがとうございます」

勝手に交渉成立しているのに不安になって叫ぶ。

「食券二十枚で私が買います！」

「じゃ、五十枚で」

そんな律の鶴の一声で、落札が決まった。

（そんな音声わざわざ買うなよ！）

私は恥ずかしさのあまり泣けてきたのに、隣にいる律はとても嬉しそうに目を細めて私を見ていて、いたたまれない気持ちになった。

そんな音声を入手して心から喜んだ顔をしないでほしい。ついでに、こんなところでそんな甘く蕩けるような目で私を見ないでほしい……。もしそれを言っても、律はきっとやめてくれない。これまでの経験から、もう私にはわかってきていた。

無事ではないランチを終え、部署に戻る途中、村野先輩と二人きりになって私は聞く。

「いつの間に律と仲良くなったんですか」

「仲良くっていうか、牽制されたっていうか」

「はい？」

「あんなの相手に勝てるって思うやつ、普通はいないって」

(勝つとか負けるとか、なんの話をしてるの？)

そう思っていると、先輩は続ける。

「俺、前は総務にいたって言ったろ。今もいる総務の木村、あいつと同期なの」

言葉に詰まったけど、先輩は気にせず続ける。

「木村って一日だけの元カレだろ？　木村も不憫だよな」

「むしろ私が不憫ですよ。一日だけで振られたんだから」

「お前が純粋にそう思ってるとこがまた怖いんだって」

「はぁ？」

私が首を傾げると、村野先輩が何かを思い出したように咳払《せきばら》いをした。

「昔さ、何度か仕事で夏目先生とも直接話したことあるけど……夏目先生、前は全然笑ってるイメージなかった。笑っても目は全く笑ってないって感じでさ」

そう言って少し笑って先輩は続ける。

「それがお前といるとき、あんなに楽しそうに笑うんだもん。それにあの蕩けきった目も何。普段あんなことないじゃん！　本当に驚いた」

「え……？」

確かに、今の律はよくこっちを見てるし、よく笑ってるとは思う。

落ち着かないくらい甘い目もされる。

でも、他の人といる律が私にはよくわからないから、そんなものだと思っていた。

どちらかというと、天性の女好き、というか……。

私が首を傾げると、村野先輩は笑った。

「いい夫婦だよ。誰かが付け入る隙もないくらい」

「そうですか？　まぁ律はモテますからね」

「俺は、そのお前の鈍感さも怖いわ。夏目先生がちょっと不憫に思えてきた」

先輩はそう言って苦笑していた。

その日の夜遅く帰ってきた律は、私の目の前に小さな袋を取り出してみせた。

「美海、これ。アイス買ってきた。食べる？」

そう言って目の前のテーブルに置かれたのは、『イチゴバナナヨーグルトアイス』と書かれたカップアイス。

「こんなの見たことない。何これ、おいしそう！　食べていいの？」

「あぁ」

そう言われて、スプーンとともに渡される。

お風呂上がりだったので、ちょうど冷たいアイスが食べたいなぁと考えていたところにこれで私は上機嫌だ。

すぐにふたを開け、ひとすくいして口に放り込むと、甘酸っぱい果物とさっぱりしたヨーグルトアイスが絶妙な塩梅《あんばい》で口いっぱいに広がった。

「すっごい、おいしい！」

何度も口に放り込み、パクパクと食べる。

そうしていると、律は着替えもしないままこちらを見ていた。

「何？」

「ん？　おいしそうに食べるなって。見てるだけで癒やされる」

とろりとした瞳でそんな言葉を急に言われたものだから、むせ返りそうになった。

律は優しく私の背中を撫でる。

「大丈夫か？」

大丈夫じゃなくしたのは誰だ、と思いながら、もう一口アイスを口に入れる。

ちらりと律を見てみれば、やっぱりまだ甘く蕩けるような目で、こちらを見ていた。

その目を見ていると、そわそわして落ち着かなくなる。

「見ないでよ」

「見てるくらいでいちいち照れるな」

「照れてないってば！　律も食べたいの？」

そうではないだろうと思いながら聞いてみれば、律はにこりと笑う。

「そうだな、一口もらう」

そんなふうに律が言うなんて珍しい、と思いながら、スプーンにひとすくいする。

ちょっと待てよ、これは間接キスというやつではないか……と考えたところで、新しいスプーンを持ってこようと立ち上がった。

そんな私の腕を強引に引いて、律は私の顎を持つ。

驚いて律の目を見てみれば、彼は突然唇を重ねてきて、さらに流れるように舌を絡ませてきた。

突然の出来事に目を白黒させて抵抗しようとしても、その抵抗は受け入れられず、律は存分にそれをしたあと、満足したように唇を離す。

そして、甘いな、とだけ言って笑ったのだった。

「味見の仕方が思ってたのと違う！」

「普通だろ」

「普通じゃないっ」

確かに、律はあたり前みたいに飄々《ひょうひょう》としてるけど……。

（これが普通って、今までどんな味見の仕方してきたのよ！）

一体どれだけ私を翻弄すれば気が済むのか不思議で仕方がない。

（女慣れしてる男はこれだから）

そう思いながら律を睨みつけると、律はニヤリと口角を上げる。

「そんなおいしそうな顔してたらもう一口もらうぞ」

突然の脅しに視線を逸らして、律から極限まで離れた状態でアイスを食べた。

そういうとき、私だけ翻弄されているのも悔しいけど、律がこういう場面にすごく慣れているように思えるのも傷つく。

そんなことを思ったとき、また律が私に顔を寄せた。

顔が近すぎてドキリとする。

さらにそれがかっこいいものだから、もっと心臓に悪い。

「美海？」

「何よ。もう、アイスはあげないわよ」

「美海、俺の見た目はいいって思ってくれてたんだな」

ニコリ、と楽しそうに律が目の前で微笑んだ。

その有害な笑顔にまた心臓が跳ねる。

確かに見た目はいい。さっきもそう思ってた。

でも、それを本人に言ったことはない。

私がつぶやくと、律はスマホを取り出し、音声再生画面を私に見せる。

「な、なんのこと？」

「ま、まさかそれ」

嫌な予感がする。

そういえば、昼にそんな話をした。しかもその音声は――！

思わずその律のスマホを奪いとろうとする。

しかし、ひょいひょい、と遊ばれるように避けられ、なかなかスマホを奪えない。

悔しがっていると、律は楽しそうに笑顔を向ける。

「ほしかったら美海からキスしろ」

「なっ……」

（なんて卑怯な！）

そう思ったとき、律は顔をわざと私に寄せて、耳元で囁いた。

「せっかくなら今から一緒に聞くか？」

その有害な顔と有害な声と有害な内容のおかげで私の頬は一気に熱くなる。

泣きそうになったところで、律があたり前のように私の唇にキスを落とした。

唇が離れると律は嬉しそうに笑ってる。

ふいうちのキスに悔しいやら、恥ずかしいやらで、私は叫んだ。

「き、キスしたんだから消してよ！」

「美海からしてくれたらって言ったよな？」

「卑怯！」

私が叫ぶと律は目を細めて私を見ると微笑む。

「美海が自分からキスしてくれて、俺を好きだって言ってくれるの、いつでも待ってるから」

そんなことを言う律にいつだって翻弄されてしまう。

そして律は、これまでもたくさんこういう経験してるんだろうなと思うと、自分と律の差に泣きたくなる。

かといって、私が律以外とこういうことができたかというと、きっとできなかっただろうけど……。

考えれば考えるほど深みにはまりそうで、頭を振ってその考えを無理矢理にやめた。

なのに律はあたり前のように、やっぱりもう一口、ともうアイスも食べていない口に、先ほどと同じ甘く濃厚なキスをしたのだった。

八章

「美海さん？」

昼休み、ランチついでに郵便物を出そうと街中を歩いていたところで、名前を呼ばれて振り返ると、チャコールグレーのスーツにタイトスカートをはいた八頭身の美女が立っていた。

切れ長の目に長いまつ毛、鼻筋が通っていて、腰まである綺麗なつややかな髪は枝毛など一つもないように整っている。

直接話したことはないのに、一瞬でそれが誰だかわかってしまった。

「律の秘書の――」

「夏目律先生の秘書を務めさせていただいております、相馬愛子と申します」

相馬さんは、私に向かってまっすぐ九十度のお辞儀をした。

慌てて同じようにお辞儀をする。すると、慌てて相馬さんに止められた。

「だめですよ、美海さん。お身体に障ります」

「ご、ご存じだったんですか」

「というより、明らかに律先生も大先生までもがウキウキしてらっしゃるので、知らないほうが変だと」

苦笑して相馬さんは言った。

私は意味がわからず眉を寄せる。

「ウキウキって……どういうことでしょう？」

「律先生、依頼者の前では毅然としていますし、以前以上に仕事も確実に早急にこなされていますが、それ以外はスキップでもしそうな勢いでウキウキとされてますからね。もう周りもドン引きですよ。この前なんて普段は笑顔なんて見せないくせに、嬉しそうに微笑まれたものでゾッといたしました」

「えっと、それは誰の話」

「夏目律先生です」

きっぱりと告げられ、さらに意味がわからなくなる。

（そんな律、想像つかないんだけど）

それに相馬さんって、いわゆる元カノというやつのはずだ。

これは元カノの牽制《けんせい》、のような話だろうか。付き合っていた彼氏が、他の女を妊娠させて結婚したとなれば嫌みの一つも言いたくなるだろう。

そのはずだが、相馬さんの口調はそれとは明らかに違うように感じた。

私よりも律に対して辛辣だし、内容も雰囲気もおかしいような気もする。

それでも私は相馬さんに言わなければいけない言葉がある。

まさかドラマの中で起こりそうなことを自分がしてしまうなんて思ってなかったけど、大人としてきちんと謝罪すべきだ。

そう思って、自分の手を握り、ごくりと息を飲み込んでから頭を下げた。

「本当にすみませんでした！　こんなことになってしまって申し訳ありません！」

その大声に、近くを通っていた人がぎょっとしてこちらを見る。

相馬さんは相馬さんで、一瞬キョトンとしたあと、やけに冷静に聞いてきた。

「それはどのような意味でしょうか」

「相馬さんは、律と付き合っていたんじゃないんですか？　少なくとも私たちが結婚するまでは」

思わず言うと、相馬さんは本当に唖然《あぜん》とした表情をした。

ぽかんと口を開けていたかと思うと、次は相馬さんが青ざめて叫ぶ。

「まさか！　絶対にありえません！」

「え、でもすごくお似合いで……。もしかして律の片思い？」

「それこそ、本当にありえません！　そんな恐ろしい話、冗談でもやめていただきたいです！」

その声が美人らしからぬ大声で、また近くを通った人が、ぎょっとしてこちらを見ていた。

一瞬怯む。美人に不愉快そうにきつく言われると迫力があって思わず土下座までしそうになる。どうやら私は天性の下僕体質らしい。

相馬さんは私を見つめると、「お茶でもいかがですか」と言った。

訳がわからないまま、コクンと頷く。すると相馬さんは綺麗な笑みを浮かべて、実は美海さんと行きたいところがあったんです、と私を連れ出した。

着いた先は今、女子高生に人気のカフェで、パフェが三十種類、スムージーなどのドリンクが五十種類以上あり、ファンシーな内装の店内だった。

今日は学校が早い日なのか、周りは女子高生ばかりで少し恥ずかしいが、こんなところに来るのも久しぶりで嬉しくなる。

悩んで『イチゴとラズベリーのパフェ』に『バナナキウイスムージー』を頼むと、相馬さんが私は違うのを頼むからシェアしましょう、とウキウキした声で言った。

頼み終えると、相馬さんは少し恥ずかしそうにはにかむ。

「実は私、とことん甘いものが好きで、こういうパフェとかも大好きなんですけど、なかなか来られなくて。店で浮いちゃうのわかってるし」

確かに、女子高生が美人すぎる秘書をさっきからチラチラと見ている。

相馬さんもそれをわかっているのか苦笑して続けた。

「好きなものは、パフェより銀座のお寿司っぽいでしょ」

「好きなら他人がどう思おうが食べましょうよ。特に女子にとって甘いものは正義です。あ、私、いつでも付き合いますから言ってください」

好きなものにイメージなんて関係ない、と思って私が言うと、相馬さんはキョトンと私を見ている。

なれなれしすぎたかなと反省し始めたところで、彼女は楽しそうに笑いだした。

「ありがとうございます。またぜひ誘わせてください。美海さんのようにかわいらしい方と一緒なら入りやすいです。そもそも私の場合、律先生がスマホでいつも甘いものの画像ばかり眺めているのを目にしてしまうから余計に食べたくなって」

「へぇ」

律がそんな画像を眺めているなんて不思議だ。

アイスこそ味見されたが、律は甘いものはそこまで得意ではないと記憶している。

そのときパフェとスムージーが運ばれてきて、相馬さんはかわいい歓声を上げた。

「律先生が甘いものを好きなんじゃないんですよ。律先生が好きなのは美海さんです」

そうはっきりと言われて、食べ始めたパフェを吹き出しそうになる。

「え？　いや、あの？」

「何か誤解されているようですが、私と律先生は仕事の上司と部下という以外には本当に何もありません。過去も、今も、未来も、絶対に」

パクパクとすごい勢いでパフェを食べながら、相馬さんは念を押すように言う。

「律先生は、ずっと美海さんだけが好きでした。ご結婚前から美海さんとデートされた次の日はすぐわかってましたよ。鼻歌まじりに仕事されてましたから。よくよく聞いてみたらラブソングでした。それもやけにうまいからファンがいて、次はいつデートするんですか、と聞かれていました」

「そもそも結婚前にデートなんてしたことないです。別の女性の話では？」

「そういえばそうですね。いつも律先生が無理矢理にねじ込んでいたようなものだし、あれはデートではないかもしれませんね」

その言葉に私が首を傾げると、相馬さんは続ける。

「律先生、あなたに会いに行っていませんでしたか。確か、同級生のお店」

「ヤマト？」

「えぇ、確かにそのような名前でしたね。美海さんが来る日だけに現れていませんでしたか？　あ、そちらもいただいても？」

相馬さんが私のパフェを見て言い、「ど、どうぞ」と自分のものを差し出す。

相馬さんは、これもおいしいですね！　と目を輝かせてすごい勢いで食べている。

私はというと、律が現れる日のことを思い出していた。私の財布の中身はあまり多くはないので、いくら親友の店といっても、ヤマトには週に一度行くか行かないかくらいだ。そのとき、大抵律がやってきていたのは覚えている。

毎回会うからてっきり律はほとんど毎日来ているものだと思っていた。

「私は律先生のストーカーじみたところ、いえ、バカバカしいほど一途なところはあまり褒められたものではないと思っていましたが、無事にご結婚されたので、美海さんに受け入れてもらえたのだと安心いたしました」

相馬さんは心底ホッとしたような表情をする。それから、急に食べていたスプーンが止まり、何かを考えると顔が青ざめていた。

「もし美海さんに受け入れられなかったら、もうどうなっていたか。想像しただけで震えます。もし先生が捕まるようなことがあれば仕事に差し支えてしまうと心配していましたし」

話が読めない。というかそれなんの話？

　私がわからないで固まっているのに、相馬さんは止めていたスプーンの動きを再開させて、次はまた食べながら話し続けていた。

「あ、これもおいしいですね！　律先生は昔から気持ち悪いくらいずっと美海さん一筋ですし、先生と他の誰かとの仲を疑っているなら、本当にご心配なさらなくて大丈夫です。ちなみに、私には彼氏もおります」

さらりと相馬さんは告げる。

「そ、そうなんですか！」

「えぇ。その前に三年付き合った彼氏に振られ、もう恋なんてしないと思っていましたが、最近紹介していただいて付き合いだして。今、かなりラブラブです」

「かなりラブラブ」

「ええ、かなりです。なんですか、その信じられないという顔は」

あぁん、と美人に詰めるように言われれば、思わず恐縮してしまう。

「い、いえっ」

「ちなみに私は子犬みたいな男性が好みなんです。残念ながらシェパードのような、狼《おおかみ》のような、律先生のような男性は好みではありません」

　そしてまだ言い足りない、というように続ける。

「あ、あと、律先生みたいに、執着粘着系の、戦略組んで糸を張り巡らして構えているような面倒なタイプも苦手です。イライラするたびに奥様の音声を聞いて和んでいらっしゃるのも正直怖いです」

「り、律が？」

「えぇ」

「さすがにそれは嘘ですよね？」

　私が首を傾げれば、相馬さんは、美人がするには考えられないほど、ぶふぉっと吹き出した。そしてゲラゲラと笑いだしたものだから、周りの女子高生たちが、美人があんなに笑ってどうしたんだろう、とマジマジ見ている。

　私は心からこの状況がわからず困っていた。

　相馬さんは息も絶え絶え、目じりに溜まった涙を拭うとまた口を開いた。

「律先生、仕事でもかなり用意周到なタイプですけど、あれだけ仕事以上に用意周到にされていてやっと手に入れて、ありえないほど溺愛していらっしゃるのに、当のご本人に全く気づかれていないのも改めてすごいな、と思って笑ってしまいました。これはさすがにあんな律先生でも同情してしまいそうです」

私がまた首を傾げると、相馬さんは私の手のうちに名刺を渡す。

「これ、私の電話番号です。もし困ったことがあればご連絡ください。いくら律先生でも、奥様の意思に関係なく強引なことをしようとなされば訴えてよろしいかと思います。その際には、私は必ず、美海さんのお力になりますから」

「あ、ありがとうございます……？」

「それでは失礼します。あ、ほとんど私が食べたので私が支払います」

そう言って綺麗なお辞儀をして、伝票をさっと奪い会計を済ませると、先ほどまでゲラゲラ笑っていた秘書は風のように去っていく。

私は何が起こったのか、何を言われたのか理解できないまま呆然としていた。

ただ、少なくとも彼女から悪意のかけらも感じなかった。

手の中の相馬さんの名刺を見つめる。

「すごくいい人？」

何度考えても、やっぱり相馬さんが言っていた意味は全くわからないが。


夜、帰ってきた律が、ネクタイを緩めながら言った。

「今日、相馬に会ったんだって？」

その仕草に、ドキリとしてしまう。

最近律を見るとドキドキしておかしかったが、相馬さんの話を聞いて、余計におかしくなった気がする。

（あとで思い返してみれば、律がずっと私のことを好きだった、とか言ってたような）

そんなわけないと思う気持ちと、あの人がそんな嘘を言うだろうか、という疑問が交互に混ざる。

視線を逸らしながら答えた。

「あ、うん。ランチに出たときに。で、パフェを一緒に食べた」

「相馬、見かけによらずよく食うだろ。普通に俺の二倍食う」

「確かに。律がよくスマホで甘いものの写真を見てるから食べたくなるって」

「あいつ。いらないことを」

そうつぶやいた律の目が光った。

しまったと思いながら黙ると、律は私をじっと見て頭をかく。

「あいつ、他に変なこと言ってなかったか」

「別に……」

私は自分の手に視線を落とす。すると、「本当か？」と律がのぞき込んでくる。

そうされると律の顔が近くに来て、とことん心臓に悪い。

「そ、それより律。相馬さんと付き合ってたわけじゃなかったんだ」

「は？」

律が眉を寄せ、低く地を這うような声でたった一声発した。

何その、超不愉快、みたいな顔は。

その顔、そう言われたときの相馬さんと同じ顔。

「ずっと付き合ってるとばっかり思ってた」

「やっぱり美海はバカだな。相馬は仕事のパートナー。付き合ってるはずがない」

「いや、だってあの美人だよ？　スタイルもいいし、二人お似合いだったし」

「俺は、ずっと美海だけが好きだったんだから、これまで誰とも付き合ってない」

その言葉の強さに思わず顔を上げると、律と目が合う。

（これまで誰とも？）

驚いて目を見開く。

さらにそのまま、ぎゅう、と抱きしめられたものだから混乱して身体が固まった。

「これまでずっとだ」

「で、でも、中学のとき彼女いたよね。キスしてた」

「あの名前も覚えてない女？　あれは彼女じゃない。そのとき見られたくない場面見られて油断してたら無理矢理キスされた」

「見られたくない場面って？」

「放課後の教室で、美海がひとりで寝てて……思わずキスした」

「き、キスって。わ、私に、り、律が？」

「あぁ。さすがに美海も怒るかと思ってずっと言えなかった。勝手にキスするなんて、いくら中学生だからといっても最低だよな、すまなかった」

今日はどんどんと驚くことを言われて頭の中の処理が追いつかない。

「ちょ、それホント？」

「本当だ。だから美海と俺のファーストキスは間違いなくあの中学校の、美海が俺へのラブレターを持って教室で待ってくれてたあの日」

「いや待って？　え？　私のファーストキスが律？　ラブレター持ってたことまでなんで知ってるの！」

私は大混乱だ。なのに律はそんな私を見て楽しそうに笑った。

「美海が勘違いしてそのまま別れたけど、俺はそれからも誰も好きにならなかった」

そう言って、さっきまで笑っていた顔が急に真剣なものに変わる。

その顔にドキリとして顔を下げたけど、律は私の顎に手を当て、ぐい、と持ち上げると、自分のほうをまっすぐに向かせた。

律の目は男らしい熱をはらんでいて、その目に捉えられると視線が逸らせなくなる。息をするのも忘れて、静かな空間が二人を包んでいた。

「俺は最初から美海だけが好きだった」

嘘だなんて絶対思わせないような、強い言葉に息が詰まる。

律は私の顎から手を離してくれたけど、そのまま私は律を見つめ続けていた。

「美海以外どうでもよかったから、他の女の振り方とか気にしてなかったけど、きつい振り方してたみたいで、遊びまくってるとか噂流されてたらしい。美海もそれを信じたんだよな？」

律が困ったように笑う。確かにその噂を信じていた。

でも、誰かと付き合ってるかどうか、本人に確かめはしなかった。

「ほ、本当に違うの？」

「あぁ。美海を抱いた日が、俺もはじめてだった。ちなみに手を握ったのもな」

きっぱりと言われ言葉に詰まる。

律の目は嘘をついているような目ではなかった。

「俺、自分でもバカだと思うくらい、ずっと美海しか見えてなかった」

律が、少し恥ずかしそうにはにかむ。

（最初から、全部お互いが初めてだった？）

心の中がじわじわと温かいもので満たされていく。

「俺の言葉、信じられないか？」

みんなの話を聞いて、律の言葉を聞いて、私だってわからないなりに少しずつわかってきていた。

それに、いつも律は私に嘘をついていなかった。

（きっと、それは最初の誓いの言葉からずっと……）

そう思っていると、また強く抱きしめられた。

「律、あの、離して」

「なんで？」

「なんでって」

「答えられないくせに」

そう言われて顎を持たれる。キスだ、と思って目を瞑ると、そのままキスが落とされる。ちゅ、ちゅ、と軽いキスが何度も楽しそうに唇に落ちてくる。

律のキスはいつも突然だ。

最初は戸惑ったし、困った。

なのに今、唇が離れた瞬間、もっとしてほしいって思うようになっていた。

その気持ちが伝わったのか、「もう一回？」と、律が私に問う。

頷いたら、磁石のように吸い寄せられて、また唇が重なった。

そして長くて濃いキスのあと、そっと唇が離れる。

これでもまだ名残惜しいと思うのは、相当律に毒されているのだろうか。

「美海のこと、気持ち悪いくらいずっと好きでいてごめん」

そう言って、律はもう一度私にキスをした。

そんな律を愛しく思うのは、もしかして、妊娠のせいかな？　お腹の中の赤ちゃんが律をアシストして、律をどんどん好きになるように、魔法でもかけてるんじゃないの？

そのときポワンと小さなときの律に似たかわいい天使が現れて、『よくわかったね』と微笑みかけられる。そうだ、きっとそうなのだ。

次の日の朝起きたら、また目の前に律の顔があって驚いた。

しかも今日は、律が腕枕して、抱きしめられたままの状態で眠っていたのだ。

昨日あれから何度もキスされて、抱きしめられたまま寝ちゃったんだ。

律と一緒に寝るなんて、最初の夜以来で変な感じがする。

しかもあのときは完全に混乱していて、ほとんど何も覚えてはいないけど、起きたとき、同じように律の腕枕だったような……。

思い出していると、律はもう起きていたようにパチリと目を開けた。

「おはよう」

「お、おはよ」

寝てると思ってたけど、この目覚めのよさ。これ、絶対起きてたよね？

律はあまり睡眠時間が長くないし、何かあればすぐに起きる。

本人曰く、昔からあまり睡眠とか食事とか興味なくてさ、とのことだった。

対して私は睡眠も食事もしっかりとりたい人間だ。特に妊娠してからその傾向が強まっている。それと比較すると、やっぱり律って人間離れしてる。それでふと思った。

（あの初めての朝も……律は実は起きてた、なんてことはないよね？　それはさすがにないか。起きてたら何か言うだろうし）

あれこれ考えていると、律は口元を緩め、あたり前のように私の額にキスを落とす。

「ちょ、朝からやめてっ」

怒ってみても、そのまま抱きしめられて動けなくなる。

律の嬉しそうな笑い声が耳をくすぐる。

「美海の体温高くて、あったかくてよく眠れた」

「そ、そうなの？」

そう言われるのは、律の役に立てたみたいで嬉しい。

「あぁ、久しぶりによく寝た気がする」

「ならよかった」

思わずそう言うと、律はふふ、と楽しそうに笑って、私の髪を撫でる。

その感触のくすぐったさに律を見ると、彼はまたいつものようにとろんとした甘い目で私を見ていた。

「だから、これからは毎日一緒に寝るぞ」

「ま、毎日！」

それはちょっと、と思ったら、律は怒ったように目を細めて私を見る。

「何か不服？」

「いや、そんなことはないけど」

ないんだけど、毎朝こんなふうにされれば落ち着かないのは事実だ。

律は私の頭をガシガシ撫でると、「じゃ、決まり」と子どものときみたいな顔で笑った。その顔を見て、心がぎゅっとなる。

ベッドの中で抱きしめられたまま、時計の音だけが室内に響いていた。

そういえば、今日は土曜日だったなぁ、とぼんやり思って、もう少しこうしていられるように目を閉じる。それもわかっているかのように律が髪を撫でてくれる。

自分より速い律の心臓の音が聞こえて、嬉しくて胸がまたぎゅっとなった。もっともっと律のこと知りたい、近づきたいって思って、律の胸に自分の額を埋《うず》めた。

すると律は嬉しそうに胸の中の私を強く抱きしめる。

「俺の父親も楽しみにしてるって。赤ちゃん」

「また一緒に律の実家も遊びに行こうね」

私は笑う。もちろん結婚前に律のお父さんにも挨拶に行った。

そのときもすごく喜んでくれた。それからも何度か顔を出している。

「あぁ、ありがとう。エコー写真も見せたら喜んじゃってさ。あんなにじじバカになるなんて考えてもなかった」

「ふふ。うちの父と母も喜んでた」

「北海道にも、落ち着いたら行かないとな」

「出産のときは、お母さんがこっちに来てくれるって。立ち会う気だよね」

母は怖い。でも、頼りになるのも母なのだ。

「それは心強いな。俺も当日は絶対に立ち会うから」

「痛すぎて暴言はくかも」

そう言うと突然律は吹き出した。

「何？」

「いや、美海……一度キレたことあったよな。小学校のとき、いつもニコニコしてたくせに、あのとき初めて口悪く怒る美海見てさ、クラスの男子も、俺も、呆然とした」

確かに一度だけ、クラスの男子にすごく怒った記憶はある。

あのときは、クラスの男子が人の大事なものをふざけて放り投げたからだった。

「そんなに怒ってないでしょ。話、盛ってない？」

「俺はよく覚えてる」

「それ、お願いだから忘れて」

「一生忘れられないな」

「えぇ、なんでよぅ」

(変なこと覚えてないでよ)

ムッとすると、律はクスクス笑って私の髪を撫でる。

それから、そのまま額にキスが落とされる。

こういうことを幸せって言うのかな。

そう思っていると、いつの間にかまた眠りについていた。


それから穏やかな日々が続いて、次の検診の日が来た。

律は病院まで車で送ってくれたけど、着いたとたんスマホが鳴った。

そしてそのやりとりから何かトラブルが起こっているような気がして、今日は大丈夫だから行って、と言うと、何度も何度も、終わったら絶対に連絡しろよ、と言いながら律は仕事に行ったのだった。

そんな律の後ろ姿を見て、「全く過保護か」とつぶやく。

今からこんな調子で、子どもが生まれたらどうなるのだろう。

そう思うのだけど、それを想像して、クスリと笑ってしまう。

過保護なお父さんの律は、私のお母さんに似てそうだ。

またクスクスと笑ってから診察室に入ると、柏木先生は笑顔で言う。

「今日は律くん、一緒じゃないのね」

「ここまで送ってくれたんですけど、さっき急な仕事が入ってしまって」

「それは無念だったでしょうね」

「無念って」

私が苦笑すると、先生は笑った。

「最初も一緒に来れなかったこと、かなり悔やんでたから」

「え？」

「美海ちゃんがここに来た検診二回目から一緒に来たでしょ」

確かに一度目は結婚直前で、まだ律に告げていなかったから一人でここに来たのだ。

「それで一回目来られなかったことすごく悔やんでてね。この前は、そのときの様子を教えてほしいって言って。あとは、本当に熱心にこれからの生活とか、気をつけることとか、食事のバランスとか聞いてきたのよ」

律はあのとき、『検診の日程を聞いた』と言っていたような覚えがある。

でもよく考えたら、あの日からさらに律の作る食事はバランスよくなっていった。

私がポカンとしてると、柏木先生は目を細めた。

「本当に大事にしているんだなぁって思ったわよ。相当、美海ちゃんも、赤ちゃんのことも愛してる。真美さんが認めるだけあるわ」

私のことは少しくすぐったく感じるけど、赤ちゃんへの愛は私も肌で感じてる。

律はきっといいお父さんになるだろう。

「子宝に恵まれるってよく言うでしょ？　この子、本当に宝物みたいに大事にされているのよねぇ」

先生がしみじみそう言うので、嬉しくて微笑んだ。

（子宝、かぁ）

最近、お腹の子が男の子でも女の子でも、律に似てほしいなぁなんてひっそり思っている。まだあまり出ていないお腹を触ってまた笑った。

検診が終わり律に電話したあと歩いていると、美海！　と声をかけられ、振り向くと初実がいた。

「今日は仕事じゃないの？」

「産婦人科の帰り」

「順調？　性別は？」

「性別はまだ。成長は順調だよ」

私が笑うと、よかった、と初実は息をついた。

「今日、律は?」

「急な仕事で抜けて、迎えに来るってうるさかったけど、終わって電話して、近いし必要ないから来ないでってきっぱり言ったらやっと食い下がった」

私が言うと、初実は、それ想像できるわ、と苦笑する。そして加えた。

「ランチまだならうちでお昼食べていきなよ」

「え、いいの? 午後から仕事行こうと思ってたから助かる」

「もちろん!」

初実もなんだかんだ面倒見がいい。いつも面倒をかけている自分が言うのもなんだけど、初実の周りに人が集まるのはそのせいだと思う。

初実と店に行き、初実が手早く調理すると、私の目の前に小料理屋で出てくるような野菜たっぷりの小鉢がたくさん載った定食を出してくれる。

「名づけて、妊婦定食。『ニンテイ』ね」

「おいしそう! ランチも営業すればいいのに」

「そうね、考えてみる。そうすれば美海の子どもも一緒に来られるでしょう」

そう言って初実はにこりとする。ありがとう、と返すと初実は続けた。

「さっき、美海の幸せそうな後ろ姿見て、安心しちゃった」

「え？　あ、あぁ。律の子なら幸せだろうなって思っただけ。あの日、酔った勢いでそうなって、律はその責任を取ろうとしただけってことはわかってたんだけど」

「やっぱり美海ってバカだ！」

急に初実が叫んで驚いた。彼女は呆れたように続ける。

「何が酔った勢い、よ。多少の勢いがあったのは美海だけでしょ。律は美海と会うとき、いつもウーロン茶しか飲んでない」

（あれ？　そういえばそうだった！）

それに気づいて、余計に混乱する。

しかし、律が素面で避妊失敗なんて失態を犯すとは思えない。

「え、じゃあ、どうして律、あのとき——」

「覚悟して、そうしたんだよ。律、責任取れる立場になりたいって言ってたし」

そして真剣な顔をしたまま、初実は続けた。

「そもそも、律がここに顔出し始めたのも、あんたがここに来てるって知ったから。律、いつも美海のこと虎視眈々《こしたんたん》と狙ってるクセに、美海の前ではそういうとこ見せないようにしてるとこが腹黒くて、私は大っ嫌いだった」

「え。だ、大っ嫌い、って。仲良かったじゃん」

初実は律と仲がいいと思ってた。

恋愛ではないけど友情という点では私以上に仲がいいと。

「ごめんね。美海は律が好きだったでしょ？　高校は律と離れたから言おうと思ってたんだけど……高校のとき、いろんな写真を律に送ってる美海、すごく嬉しそうで。だから嫌いとは言い出しづらくなっちゃって」

それを聞いて、驚いて口が開いたままになる。

「私は美海の気持ちも知ってたけど、律なんて信じられなかった。律は中学のとき、美海を傷つけた。私はあんなふうに泣く美海、二度と見たくなかった」

あんなふうに、とは、中学のときの告白が失敗した夜の一幕だ。

律がキスしている場面を見て私が泣いているのを、初実は何も言わずにずっと抱きしめていてくれた。初実がそれをまだ覚えていたことにも驚く。

「だから、そんなやつが今更、と思ってたの。美海が恋するって言い出したとき、私は律の気持ちも知ってたけど、美海の背中を押した。美海も律以外の男を本気で見てみればいいって思って。ま、そのせいで、律はもっと執着するようになったのかもしれないけど」

そういえば、律が執着してるって相馬さんも言ってた。

でも、やっぱり信じられないと思ってしまうのだ。

「あのね、律がこれまでここでお酒を飲まなかったのは、酔ったらタガが外れるって懸念してたからよ。執着した思いがねじれすぎて、あんたを前にしたら嫌がっても無理矢理襲いそうだからって言ってた。まぁ酔ってなくても、あんたを見てる目は本気でやばかったけどね」

「そ、そんなの」

「律は最初から覚悟してそうした。でもあのとき、酔ってたとしても美海は自分からついていった。美海は律の手をちゃんと握り返した。だから私はそれを見て、律も美海も止めなかった」

初実は私が本気で嫌がったら止める人だ。

「あのとき、私、美海を止めたほうがよかった？」

初実が私に問う。

私はすぐに首を横に振っていた。それを見て初実は笑う。

「さすがにこんなに長い期間、律が一途に美海だけのことを思ってたの知ったら、いくら苦手な相手だからって、少しは応援したいって思うでしょ。だから子どもができたとき心から二人に〈おめでとう〉って言えたんだよ」

　その日は早めに家に戻ってみると、間を置かずに帰ってきた律に玄関先で出会った。

「美海？」

「ひゃうっ！」

　ぶつかりそうになったところを抱きとめられて、「すまない、大丈夫か？」と耳元で声がした。

　その男らしい声にも腕の中にも反応して、顔が赤くなるのが自分でもわかる。熱くなった耳を押さえて律を見たけど、すぐに視線を逸らした。

「もう大丈夫だから離してっ」

「転げそうで危なかったから支えただけだろ？　そんなに怒らなくても」

「そうですか。それはどうもアリガトウゴザイマス」

　そう言って口を噤む。どっどっどっと心臓の音がうるさい。

　私の心臓は誤作動を起こし続けているようだ。

「美海、なんで敬語使ってるんだ。それと、こっち向け」

　無理矢理、頬を持たれて律のほうを向かされる。

ブラウンがかった律の瞳と視線が絡まる。

それだけでまた心臓が激しく音を立てた。

「何かあった？　検診、心配だったんだ。だから早く帰ってきた」

そう言われて、検診に一緒に行けなかったと思い出す。

「すごく順調でした」

「ならどうしてそんなに挙動不審なんだ？」

「挙動不審なんてことはありませんケド」

「美海」

玄関わきの壁に手をドンとついて私のほうを見る律に、どうしていいかわからず固まってしまう。壁ドンの悪夢、再びだ。

しかし今回は以前と違って怖くはない。ただ、やけにドキドキして非常に心臓に悪いだけだ。これが普通の壁ドンというやつだったのか。

「な、なんでしょうか」

「顔赤いな。照れてる？」

慌てて首をぶんぶんと横に振った。

次の瞬間、律が楽しそうに目を細める。

（嫌な予感しかしない）

そう思ったとき、律が私の手を取って、指を絡めてきた。

またとんでもなく心臓が脈打つ。

律の手の熱が自分に伝わってきて、それが全身にまで伝わってしまう。

（なんでいちいちそんなことしてくるの！）

動揺しっぱなしなのに、律は耳元で囁くように言った。

「すまない。今日、検診で一人にしてしまって」

「大丈夫だってば。子どもじゃないんだし」

「子どもじゃないから余計に心配なんだ。おなかに赤ちゃんもいるし」

律はそう言うと、絡めていた指に力をこめ、額にキスをする。

「それに明日から出張だから。美海と赤ちゃん二人なのは心配」

「そういえばそうだね。確か一週間？　福岡《ふくおか》だっけ？」

「あぁ、だから今日は美海を補充させて」

そう言って次は唇にキスをされる。何度も刻まれるその熱に浮かされるように、律の背中に腕を回した。

それがわかると律は白い歯を見せて笑った。

律が出張に行ってしまった日の夜、夢を見た。

「すまない」

そう言われて、熱い手にもっと熱い指が絡む。

目の前を見ると、熱を帯びた律のまなざしが絡んだ。

なんで謝られるのかわからなくて、でも、その手の感覚の気持ちよさに微笑んだ。

「いいよ」

私が言うと、律は私の頬を大事そうに撫でてから、「美海、愛してる」と低くつぶやく。

そのまま、律の唇が首筋に埋まり、くすぐったいのか、恥ずかしいのかわからなくて身をよじると、余計にそうされた。

熱に浮かされて息が苦しくて、何度も律の名を呼んでいた。

律が自分の名を呼ばれるたびに目を細める様子に胸が締めつけられる。

途中、縋《すが》るように律の背中に爪を立てていた。それに気づいて律の背中から手を離そうとしたら、彼は嬉しそうに笑って、もう一度口づけたあとに言う。

「もっと傷つけていい。今夜のこと何度も思い出したいから」

愛してる、と何度も囁かれて、キスが身体に落ちてくる。

不安になって手を伸ばすと、その手に指を這わされ、もう一度強く握られた。

そのあとまた抱きしめられたとき、自然に涙がこぼれ、それを唇で拭った律は、

「こんな始まりで、すまない」

と言って、私にもう一度キスを落とす。

何度も謝る律に切なくなって彼の熱い頬に触れると、触れた手が包み込まれた。

「美海のこと、これから先も一生愛するから」

熱を持った瞳で、低く甘い声で、そう何度も囁かれれば、胸の奥の奥が痛む。

しまっていた思いが湯水のようにあふれ出してくる。

「好き、好きだった……。律が好きだった」

思わずその言葉が飛び出していた。

それを聞いた律が嬉しそうに顔をほころばせ、唇に、頬に、あふれるくらい何度もキスを落とす。それに応えるようにキスをして、気づいたら、自分からもう一度律の背中にゆっくり腕を回していた。

あの夜、私にあったのは、律の熱をもっと近くで感じたいって思いだった。

でもこれは今日だけの特別なことで、明日には全部忘れなければならない。

この夜のことは、あのときの四つ葉のクローバーのように大事に大事に仕舞っておこうと強く思っていた。

「何、今の夢」

目が覚めて呆然としていた。さっきの夢は、あの、始まりの夜の夢だ。

あのとき、律を信じられなかった私は全部忘れようと思っていた。

それですっきり忘れたのだから、我ながら単純すぎる。

あの夜、間違いなく自分から律と抱き合ったのだ。

私は最初からそれに同意していた。それをなんで今になって思い出したりしたんだろう。今、律が出張でいないというこのタイミングで……。

——私、最初から律のことが好きだった。

そんな事実に今更気づいてしまってから、私はかなり変になっていた。

朝も昼も夜も、仕事中もたびたび律のことばかり考えてしまっているのだ。

律に会いたいし、律に抱きしめられたいと思う気持ちが日に日に膨らんでしまって、完全にどこかおかしくなっているなと思った。

律は毎日夜に電話をくれるけど、その声を聞くと余計に辛くて、彼に会えない一週間が非常に長いと思い知る。

そして朝まで悶々と律のことを考えてループ状態だ。

寝不足で会社についた途端、苦手な取引先の課長から電話がかかってきた。

クレームではなかったものの、何を言っているのかわからなくて戸惑っていると、村野先輩がそのままその電話を奪って、彼はなぜかその課長と普通に会話していて驚いた。電話を置いた先輩に思わず話しかける。

「よ、よくわかりますね」

「まぁ、長年の勘。尊敬した？」

「さすがです。っていうかそもそも先輩のことは、最初から尊敬してます」

「ありがとう。それ、結構嬉しいかも」

そう言うと先輩は嬉しそうに顔をほころばせた。

「先輩って素直ですよね」

「え、それ、バカにしてるほう？」

「まさか」

「昨日も出張中の彼女と電話してて、俺のほうが『会えなくて寂しい』って連呼してたんだよ。彼女笑ってた」

「偶然ですね、うちも今出張中です。ただ、そんなこと言われても彼女、困るんじゃないですか」

「でも、気持ちって言葉にしないと伝わらないし。言葉にするから伝わることもあるよ。あーホント早く帰ってこないかなぁ」

恋人の帰りを待つ先輩の顔が一瞬子犬に見えた。

実は律が出張に行く当日の朝、律が出ていく瞬間、私は彼のスーツを掴んでしまい慌てて手を離した。

『美海が行ってほしくないなら安心できるまでここにいる』

そんなふうに律が軽々しく言うものだから私のほうが焦った。

『なんでそうなの。私がずっといてって言ったらどうするつもりよ』

『そうできるように手配する。だって、最近美海って自分から俺に頼らなくなっただろ。口にしなくなった』

『それは律が、私が言うより前になんでもしちゃうから』

『ま、その節はあるけどさ。俺は美海にされるお願いって結構好きなんだよな』

そう言って律はまた蕩けるような目で私を見る。

急にその目が、宝物を眺める目と一緒だということに気づいた。

それでもやっぱり素直には言えなくて、そのまま律を見送る。

しかし、そのときの律の言葉が、ずっと鮮明に記憶に残っていた。

律のいない夜、ベッドに入ってお腹を撫でる。

そうしていたら、律に似た小さな天使がポワンと現れて、何も言わずに笑った。

なんで今日に限って何も言ってくれないのよ……。


そうして、律が出張から帰ってくる前の日も夜に電話がかかってきた。

いつものように律と話していたら、突然、糸が切れるように限界が来た。

電話口から聞こえる律の声に導かれるようにボロボロ泣いてしまったのだ。

(だめだ、あと一日だぞ！)

そう自分を叱咤《しった》しても涙は一向に止まってくれない。

『美海？』

心配そうな律の声が耳に響く。大丈夫だって、言わないと。

そう思うのに、『俺は美海にされるお願いって結構好きなんだよな』という律の声が耳の奥に反響する。

「会いたい」

口を開くと思わず言っていた。言ったら止まらなかった。

「律に会いたいよ！」

そのとき、玄関で鍵の開く音。驚いてそちらに走ると、律がいた。

スマホを持ったまま。

「律！」

「俺も会いたかったから最終で帰ってきた」

「な、なんで」

「仕事詰めて一日早く切り上げた。美海、声で我慢してるのわかったし、俺も早く会いたかったから。あ、相馬も早く帰りたいとか言って仕事倍速だったぞ」

律に優しく頬を撫でられ、ボロボロと泣いている自分が恥ずかしくなった。

妊娠で不安定なのもあるのかもしれない。

律は私を抱きしめる。強く、強く。

そして、あやすように私の背中を軽く叩いた。

それだけで、不思議と落ち着いて、すっと息が吸えるようになる。

律を見上げると、彼はまた甘く蕩けそうな、そして優しい目で私を見ていた。

「俺は美海の恥ずかしいところも全部、もう見てるんだから強がる必要なんてないからな。今更そんなことで美海を嫌いになるはずない。だからなんでも言ってほしい」

律は意地悪に笑うと、そのまま私の顎を持って、唇にキスをした。

何度も、何度もキスを交わしていくうちに心の中がまた満たされていく。

もう満タンだ、と思っても律はまたそれを続ける。

素直になっても大丈夫だよ、とでも言うように。

唇が離れた瞬間、律が私を見て目を細めた。

（あ、またこの目）

「嬉しかった。美海が『会いたい』って言ってくれて。俺、美海がいるからずっと頑張ってこられた。美海と結婚して、美海が近くにいてくれてもっと頑張れるようになった。美海がいるから、周りが輝いて見えるんだ。俺は、前よりもっと美海が好きだ。愛してる」

そう言った律はまたさらに目を細める。

律のまっすぐな愛情が、言葉が、私の心の中を満たしきって溢れ出したとき、私は思わず口を開いていた。

「私も。私も、律のことが好き！」

叫ぶように言った私を、律はもう一度強く抱きしめた。

九章　律side

——あの日、弾みでそうなったのかと問われれば、答えは「否」だ。

美海は、昔の俺は大人しくてかわいかったと言ったが、昔は思ってることを口に出す回数が少なかっただけだと思う。

「はじめまして、法上美海です」

何がおかしいのかいつもニコニコしている美海は、最初あまり得意ではなかった。

美海は俺の家に来てあんぐり口を開けると、広い家ですごいね、うらやましいと目を輝かせたけど、父はいつも忙しくしていて、自分の世話をするのは家政婦さんと家庭教師だった現状に、俺は美海のほうがうらやましいと思っていた。

美海の家は、部屋が狭くてもいつも家族全員で食卓を囲んで、美海にとっては怖いけど心配性のお母さんや、どんな美海でも受け入れてくれる優しいお父さんにいつだって愛されていたように思う。

そんな美海に対して、俺は嫉妬に似た感情だって持っていたのだ。

だから美海が俺にかまうたび、なんだか鬱陶しくて、相手がかわいそうだから親切にする偽善者じゃないかって思ってた。

そんなかわいくない内面だから、もちろんクラス内でも孤立していた。

昔から頭の回転も速いほうだったので、新しいクラスメイトに一言何か言われれば、それを倍にして返すくらいはしていたら、男子からは当然のように無視された。

ただ、無視されているくせに、クラスで人気のあった美海が俺をかまうものだから、余計に反感を買った。

正直、美海にかまわれるのは面倒だった。

俺としては別に男子に無視されてもどうでもよかったのだけど、毎日こっそり持ち歩いていたビー玉を、クラスの男子たちに深い草むらに投げ捨てられたことがある。

それは唯一、自分が大事にしていたもので、それが投げられてなくなったとき、俺は諦めに似た何かが自分の中に広がっていくのを感じていた。

しかし、そんな現場をたまたま見ていた人間がいた。美海だ。

美海は、今までにないくらい本気で怒って、ビー玉を投げた男子にとびかかった。

馬乗りになって怒る彼女に周りにいた男子も唖然としていた。

当然俺も、いつもへらへらと笑ってた少女がそんなに怒るなんてすごく驚いたし、一瞬唖然としたけど、美海をなんとか止めた。

正直に言うと止めるのもちょっと怖かったくらいだった。

美海は、本気で口悪く怒った。

「こんなこと二度とすんな！　バカ！」

後にも先にも、あれほど怒っている美海を見ていない。

それから美海は空が暗くなっても草むらを探し続けた。

「もういいって」

「だめ。懐中電灯持ってくるから待ってて」

そう言って本当に懐中電灯を持って帰ってきたので驚いた。

「お母さんに怒られるんじゃない。怖いんでしょ」

「もう怒られてきた」

美海はケロリと言う。普段の母親を恐れている様子からは考えられなかった。

「もういいって。また怒られるよ」

そう言っても、美海は首を横に振るだけで、草むらを懸命に探した。

結局その日は見つからず、諦めようとする俺に、明日も探すから大丈夫、きっと見つかるよ！　と彼女は笑い、本当に次の日も探していた。

俺はというと、ビー玉がなくなったのは悲しかったけど、それほど懸命に探す彼女を理解できなかった。

大事なものがある日突然なくなるのは、母親の死で痛いくらいわかっていたし、母親自身が亡くなったことに比べればビー玉なんて、と思って俺は捜索を止めた。

なのに美海は次の日もまだ探し続けている。

「もういいよ。ものだって人だって、いつかはなくなるものだから」

「大事なものは諦めちゃダメだよ！」

美海はそんなふうに怒っていたが、俺はもう見つからないだろうな、美海って本当にバカだな、なんて思っていた。

しかし、それからさらに二日。

彼女は顔も腕も泥だらけの状態で擦り傷まで作って俺の家に現れた。

ニカッと笑って、手の中のものを指で掴んで空にかざす。

夕陽に反射して七色に光ったビー玉は綺麗で思わず見とれた。

それは今でもよく覚えている。

「これ、お母さんからもらったものなんでしょ？　絶対もう諦めないでね」

そのときもう一度ニカッと笑った美海の笑顔に、俺は恋をしたんだ。

それから美海と俺は前より仲良くなって、少しずつ距離が縮まっていった。

幼馴染から恋人になるには幼すぎたけど、いつだって俺は、美海を大事な女の子として見ていた。

ただ、世の中は彼女の成長よりも早く成長を遂げ、俺は中学になると知らない女子によく告白されるようになる。

中にはストーカーじみた子までいて、正直辟易としていた。

美海はどう思っているのか気にはなったが、彼女は恋愛にはかなり疎《うと》い、というかそういうことに関しての警戒心がかなり強くて、周りは初恋なんてとっくに済ませている中、『恋をして、手なんてつないだら妊娠しちゃう……！』と本気でおびえていた。

このときばかりは、美海の母親を本気で呪いそうになった。

そしてその頃、美海の家では一つの事件が起こっていた。

「美海、顔色悪いけど大丈夫？」

「うん、大丈夫大丈夫」

そう言って笑う彼女は、全く大丈夫ではなさそうな顔をしていた。

何かいつもと様子が違うと気になって、その日あとをつけたら、彼女は明らかに怪しい雰囲気の消費者金融に一人で向かったのだ。

いわゆる闇金というやつで、当然すぐに止めた。

無理矢理話を聞き出してみると、美海の父親の友人が、勝手に彼女の父親を連帯保証人にして借金をしていなくなっていたのだという。

「印鑑もうちのじゃなくて勝手にその友だちが作って判を押したみたい。絶対おかしいし、お金を貸してくれたところにきちんと話せばわかってもらえるかなぁって」

「中学生が行ってもまともに話を聞いてくれないよ」

そう言って美海を見ると、彼女は泣きそうな顔をしていた。

「お父さんもお母さんも大変そうで、見てられないの。私も何かしたいの」

「ならどうして頼んないの」

思わず言っていた。

「俺は子どもで頼りないだろうけど、『大丈夫』って無理して笑うくらいならなんでも話してよ」

「でも」

「それに、たぶんその手の話は、俺の父親の専門じゃないかな」

俺は美海の手を引いて、初めて自分の父親の法律事務所に向かった。

行ってみると、父は忙しそうにしていたけど、俺の顔を見ると父親の顔をして微笑んで、俺はその表情に救われた。

そして父は忙しい合間、美海の相談を一通り聞いてくれて頷いた。

「そっか。うん、美海ちゃん。ここからはおじさんに任せてくれる？」

「ありがとうございます。依頼料は私が分割で払います」

「美海ちゃんのお父さんとは昔からの友だちだし、律も美海ちゃんに助けてもらったことあるでしょ？　だから、お礼」

「でも」

それでも解せない美海に、父は思い出したように告げた。

「そうだ。このこと、ちゃんと自分から律に言った？」

「え？　いや、私は大丈夫って言って、律が……」

「じゃ、約束してくれないかな？　もし美海ちゃんが何か困ったときや辛いときは、大丈夫って言うんじゃなくて、必ず自分が信頼できるって思える人を頼るんだよ。好きな人でもいいから。これから、それだけは守ってくれる？」

「それだけ？」

「うん」

父はそう言うと、そのまま美海の父親と直接話して、一週間もしないうちに問題を解決した。美海はそれから、俺の父を尊敬のまなざしで見ていた。

俺はそんな美海を見て、自分の父相手に嫉妬する。

そしてこの一件のせいで、俺は父の仕事に興味を持ちだした。

それまでは父の跡なんて継ぐものかと思っていたけど、完全に美海のせいだ。

父に、弁護士になるにはどうすればいいかと聞いたら、父が卒業した進学校を教えてくれた。

それだけでなれるわけではないけど確率は上がると思う、と父はつけ足した。

その高校は自宅から遠く、全寮制で美海と離れることになった。

もともと美海は、女子高一択だと母親にきつく言われていたので、高校で離れるとは思っていたけど、正直、ここまで離れるとも思ってなかった。

でも、俺はそこに行くと決めた。

美海との将来に自分がいるなら、今、離れても頑張るべきだと、そう思ったのだ。

その頃美海は、女子たちの面倒ごとに巻き込まれないように俺を避けるようになってきていて、俺もなんとなく美海に進学先を告げられないまま、時間だけが過ぎた。

本当なら美海にすぐにでも言いたかった。

そして実は、結婚の約束くらいしたかった。

そんな中、生徒会の活動が長引いたあと、教室に戻ると美海が教室で寝ていた日がある。そんなの初めてで戸惑った。

もしかして自分を待っていたのだろうか、なんて幸せな妄想をしてしまう。

ふと見ると、美海の手には手紙が握られていて、そのあて先は見えなかったけど、ラブレターだと確信めいた思いがあった。誰に渡すつもりだろう。最近よく話している沢田《さわだ》だろうか、それとも、南《みなみ》か。自分だったらいいけど、もし違ったらきっと相手のことが許せないんだろうなぁ、と独り言ちた。

中学に入って、父親のことがあって、それから少し距離が近づいたと思ったらまた美海から俺を避けるようになった。だからこそ、こんなに無防備に寝ている美海なんてなかなか見られなかった。思わずその寝顔をじっと見ていた。

少し汗ばんだ白いうなじ、頰に落ちるまつ毛の影、柔らかそうな唇。

昔から俺を男と思っていないのか、美海は俺に友だちみたいに接してくれたけど、俺の中ではずっと美海は女の子だった。今はもっとだ。

「律……」

美海のその甘い声に導かれるように、考えるより先に身体が動いていた。

美海の唇に自分の唇を重ねる。

本当はこんなこと絶対に許されない。

今も、あのときを思い出すと胸が痛くなる。

いくら好きだからって寝ている人間に合意なしのキスなんて犯罪だ。

そのときだってそれを頭ではわかっていたが、身体が先に動いてしまった。

美海が、くすぐったそうに身をよじる。いっそ起きないかな、そう思って美海の頬を撫でた。でも、美海は起きる様子はなく、ぐっすり眠っている。

そんな美海の耳元で囁く。

「美海のファーストキスは、俺だよ。この責任は絶対に取るから」

だから俺が迎えに行くまでは、その唇も、身体も大事に守っていてほしいんだ。

「俺以外には、キスも、身体も、絶対に許しちゃいけないからね」

美海の母親が美海に言い続けている言葉に似せて、ただ祈りを込めるように、暗示をかけるように。

俺は気持ちよさそうに眠る美海の耳元に囁いた。

そしてこのあと、一つの誤算が俺を襲う。

あのときの感触を思い出しながら校舎を出ようとしたそのとき——。

「見てたよ」

そう言ったのは、ストーカーじみた行為を続けていた女子だった。

名前すらはっきり覚えていないが、学校内一美人と言われていたせいかプライドが高く、振ってからつきまとわれるようになった子だ。

「何」

「さっき、法上さんにキスしてたでしょ」

「好きな子にキスするのに何か問題がある？」

「好きな子って、あんな子のどこがいいの」

「きみには関係ない」

冷たく言い放つと、それが彼女のプライドをさらに傷つけたようだった。

彼女は突然俺の後ろの何かに気づいたように息を詰まらせ、俺がそれに振り返ろうとする一瞬、俺の制服のネクタイを掴み、思いっきり自分のほうに引き寄せると強引に唇を重ねた。突然の出来事に驚いて、俺は彼女を押す。

「何するんだよ！」

ゴシゴシと血が出るくらい唇をこすりながら言った。

「私とのほうがよかったでしょ」

「最低だった。しかも無理矢理なんて余計に最低だ」

「夏目くんだって同じことしたんでしょ。法上さんに」

「俺のは――」

そう言って言葉に詰まる。

結局俺がしたのもこの子と同じことだろうか。

そのとき、その子がまた後ろを見ていて、嫌な予感がして振り向くと美海が走り去っていったところだった。

「あーあ、見られちゃったね」

楽しそうに笑った彼女を睨んで俺は走りだしていた。

すぐ美海を追いかけたけど、美海は思ったより足が速かった。

そして公園のゴミ箱で、先ほど見た色と同じ手紙を見つける。破ってあったけど、つなげば読めた。それは彼女が俺にあてた手紙で、それに気づいて息をのんだ。

『律。私、律と高校で離れるのは寂しいよ。美海』

その好きとも書かれていない子どもじみた内容に、嬉しい気持ちと、がっかりした気持ちが交差する。本当に美海は自分を男として見ているのか、甚だ疑問だ。

すぐに追いかければ先ほどの誤解を解けただろう。しかし、俺はそれをしなかった。

俺は、彼女の幻想を壊したままでいることを選んだのだ。

そのときの美海はあまりにも子どもじみていて、俺を異性としてというより、大事な友だちだと思っているように見えた。

「少しでも、男として見てくれないかな」

そうつぶやいて、暗い空に浮かんでいた月に祈りを込めた。


それから高校は美海とは離れた。美海は、どうやらあの俺のキスを見て、男性不信に拍車をかけ、告白してくる男たちを根こそぎ断っているらしいと初実に聞いた。

初実は激怒していたが、俺はよかったと思っていた。

美海から時々来るメッセージには文章がついてなくて、初実と行った店の食べ物とか、デザートとか、ときには近所の猫とか……。

そんな写真ばかりだったけど、俺はそれを保存していつも眺めていた。

ちなみに今もスマホに入っていて、美海へのお土産を買うときの参考にしている。

相馬にデザートの写真の真相を聞かれたときに素直に答えたら、気持ち悪がられた。

何が悪い。

あのときの俺は、それが彼女と自分をつなぐ大事なもののような気がして、それを見るたびに勉強にもスポーツにもなんでも励めたのだ。

そして大学に入って、ある日から、ぱたりとメッセージが途絶える。

気になって、彼女に直接会おうと決心した。

彼女の大学に向かう途中、偶然にも彼女の乗る電車に乗り合わせる。

電車内で美海に気づいて声をかけようとしたら、彼女の様子がおかしかった。

どうしたのだろうと見ていると、美海は周りを見渡して、それから俺の存在に気づくと、涙目で赤い顔をして俺を見た。

彼女はぐっと唇を噛みしめて、意を決したように、助けて、と唇を動かした。

俺は、美海が痴漢に遭っているのだとわかって、すぐに痴漢を捕まえて、ぐうの音も出ないほど叩きのめした。相手はたまたま見かけた美海に勝手に一目ぼれして、追いかけていたらしい。仕事が多忙でストレスも相まって痴漢をしたと弁明した。

それにしては陰湿だと、持ちうる限りの知識を総動員して潰そうとしていたら、美海が『やめてあげて』と泣いて止めてきたので、俺は頭がクラリとした。

(どうして一番怖い思いをしたはずの美海がそんなこと言うんだ?)

彼女が誰とも付き合ったこともなく、手すらつないだこともないと知っていた。

だからこそ、怖かったはずだ。彼女は優しすぎる。

その無防備な優しさが、そういう男を寄せ付けるのかもしれない。

俺はすべてが解決したあと、美海が断れない口調で彼女に告げた。

「あのさ、昔から思ってたけど、どうして困ったときに自分から相談しない？　このこと誰かに相談したか？」

そう言うと彼女が首を横に振った。

彼女が今、相談できて信頼できる相手がいない事実に少なからずほっとした。

「じゃ、昔、俺の父親とした約束、覚えてなかった？」

「覚えてる。でも」

「でもじゃない」

ピシャリと言って続ける。

「困ったときは一人で悩むな。何かあれば必ずすぐに相談するように。バカみたいに遠慮して隠そうとするなら、それがバレたときはそれ相応の覚悟をしとけよ」

強い口調で言ったら、美海が泣きそうな顔をしていたので少し怯んだが、ここで怯んではいけないともう一度強く告げる。

「わかった？　返事は？」

「う、うん」

「本当にわかってるのか？」

「わかってる」

痴漢の件がよっぽど怖かったのもあったのか、彼女は了解してくれて、それから少し困った問題があればメッセージをくれるようになった。

俺は、それにできる限り丁寧に答えていた。

そうこうしているうちに、彼女は就職して忙しくなって、自分は自分で仕事に忙しくなって、連絡も減っていった。それでも俺は、自分が頑張っているうちは彼女も頑張っていて、そうしていつかまた会って、関係を積み上げられると思っていたんだ。

彼女に格好悪いところなんて見せられないから、必死に弁護士としての経験を積んで、仕事にはやたら厳しい父の了承を得てから彼女の会社の顧問弁護士になったのもあたり前だった。

そして仕事が順調になってきたとき、もう一つの大きな問題を解決する必要があった。

美海が一番気にしているのは両親だ。特に母親。

だからその根回しは絶対だった。

彼女の会社の顧問弁護士になった頃、俺は事務所近くの病院に勤める彼女の母親に何回か偶然を装って会うことを決めた。

「あら、律くん！　元気だった」

「おかげさまで」

母親のほうは、相変わらずパワフルで元気だと思う。すぐに無理矢理メル友にされた。

そのときから美海の近況を聞かれれば、教えられる範囲で教えている。

「いろいろありがとうね。美海、律くんがいるからなんとかやってるんだと思ってる」

「そんなことないです」

「あの子、律くんがお嫁にもらってくれたらいいんだけど」

「いいんですか？　本当にもらいますよ」

はっきり言うと、少し驚いた顔をしたあと、嬉しそうに美海の母親は笑った。

「随分はっきり言うのね」

「ええ。ずっとそう思ってますから、今更隠す必要もないと思っています。だから彼女の会社の顧問弁護士にだってなりましたし」

そう言って加える。

「ただ、彼女を頷かせるのは相当苦労しそうですけど。きっと俺のことは、男友だちとしてしか見ていませんから」

「そうかしら。まぁ、そうねぇ」

「ですね。何せ手をつないだら妊娠すると思ってますし」

少々嫌みも交えてみたが、母親は悪びれもせずに答えた。

「さすがに今はあの子でも多少の知識はあると思うけど、まぁ、その節はあるわね。なんで、二十九歳になっても彼氏もいない、あんなウブな子になっちゃったのかしら。って私のせいか。あはは！」

全くこの母親は、と思わないでもないが、その教育が俺にとっては功を奏しているときも多いので文句は言えない。

母親の感触は悪くないようで安心していたら、その夜〈主人も律くんならって大賛成よ、頑張って！〉と激励のメッセージまでもらった。

これでやっと準備は整った。

長い片思いの決着をようやくつけられると思っていた。

そしてその次の日、美海の様子を聞いてみようと、旧友の実家の焼き鳥屋を訪ねる。

店内に入ってみると美海がいて驚いた。美海も同じように驚いた様子で俺を見た。

いるならいるってなんで教えてくれないんだ、と初実を睨んでみたら、初実はチッと舌打ちしていた。

とりあえず美海の隣に腰を下ろす。

ビールを頼んだらすぐに出てきて、美海と乾杯した。そんな小さなことだけど、もう俺たちは大人の男女になっているのだと、やけに緊張していた。

「律、うちの顧問弁護士になったって？　全然知らなかったよ」

「まぁ、美海とは関係ないもんな。美海、今どこの部署？」

美海の部署はもう他から聞いていたのでもちろん知っていたけど——。

広報だよ、と美海が言って、今の仕事についてもいろいろ話をし、彼女が今誰とも付き合ってないと再度確認した。

美海は美海で、俺の仕事の話を聞いてきて、話せる範囲で話していた。

律、すごいね、と美海が嬉しそうに何度もそう言う。

二人の雰囲気もよかった。

美海の隣で飲んだせいか少し酔いも回ってきていて、彼女のほうを見ると、彼女の白いうなじが目に入った。

ふいにあのときの、中学の教室を思い出す。これはやばいかもしれない、と思った。

初恋を拗《こじ》らせるとこうなるらしい。

とにかく二件目に誘って、それから……と俺が不埒《ふらち》なことを考えていると、突然美海は、「私、恋をしようと思う！」と言い出した。

「は……？」

「みんなもう大人なんだよね」

納得するような口調で言って、ビールを呷る美海。

なんで、そうなった？　と思わずにはいられなくて言い放った。

「そんなもの美海にできるはずないだろ」

（美海は生半可な男じゃ無理だ。俺もどれだけ待ったと思ってるんだ）

なのに美海は勝手に続ける。

「律は相変わらずモテてていいよね。うちの女子社員もキャーキャー言ってた」

「そんなの関係ないだろ」

好きな一人にモテなきゃ意味がない。

「初実も律も頑張ってるし、とにかく私も恋愛くらいはちゃんとする！　決めた」

「よく言った！　私も応援してあげる！　律なんかよりイイ男捕まえなさいよ！」

それになぜか初実が応援し始めたものだから、思わず初実を睨みつける。

（初実は俺の気持ちを知ってるだろうが）

美海がお手洗いに席を立ったとき、初実をもう一度睨みつけた。

「何言ってるんだ、初実は。お前、親友がロクでもない男に引っかかってもいいのか」

「律も相当その、ロクでもない男なんだけど」

「なんだって」

「中学のとき、美海を傷つけたでしょ」

「あれは――」

「美海、あれから男性不信だった。なのに、またこんなふうに急に美海の前に現れて付き合いたいとか調子のいい事言い出すつもりじゃないでしょうね。最近妙にコソコソしてるのが気になるのよ。これ以上美海をあんたの勝手で振り回さないで。私はそんな律が美海にふさわしいとは思えない」

はっきりした口調に思わず初実を見る。

すると初実は凍てつくような瞳を俺に向けていた。

「美海は他の男も見たほうがいいのよ。絶対そう。だから私は美海がそうするって決めたなら美海の恋を応援する。律以外に好きになれる人ができるように応援する」

「俺よりイイ男なんていないぞ。美海にふさわしい男なんてもっとだ」

「まだ付き合ってみてもないじゃない。腹黒い幼馴染よりフレッシュな男のほうがよっぽどいいでしょ。美海って意外とモテるんだから可能性を潰すんじゃないわよ」

「もし本当に彼氏なんてできたら、俺は指をくわえて見てるだけなんてしないぞ」

「何する気よ……」

「初実には関係ないな」

俺はそう言うとウーロン茶を頼んだ。

初実は、明らかにイラついた様子で俺の前にウーロン茶をドン、と置く。

「なんで、ウーロン茶」

「酔ったらタガが外れそうだからもうやめとく。久しぶりに会ったらやばくてさ、これ以上飲んだら妄想してたこと全部しそう」

ちなみに本心だ。

「は？　まじで美海に何かしたら許さないから。今日、美海はうちに泊めるから近寄るな、変態！」

初実に怒りの視線を向けられたとき、それを無視して、お手洗いから戻ってきた美海に釘を刺した。

「どうせ美海に彼氏なんてできないだろうけど、もしそれでも彼氏なんてものができたら絶対に教えろよ」

誰が現れようと、誰にも負ける気なんてしなかった。

俺はそれから、なんとか美海の動向を見守りながら隙あらばアプローチすることと、この面倒で親友思いの幼馴染を納得させることを決めた。


美海の動きは思ったより早かった。

それから一週間後、〈なんと彼氏ができました！〉という美海からのメッセージを見て、思わずため息をつく。

美海の場合、放っておいたら彼氏はできると思ってた。

これまで美海は気づかなかっただけで、社内だけでも美海に好意を持っていそうなやつは多かったから。

〈相手、誰？〉

〈同じ会社の総務の木村さん。すっごくかっこいいんだから！〉

美海が自慢そうにしている様子が目に浮かぶ。

話を聞いてみると、今日はじめてのデートをしたらしい。きっと総務の木村祐樹《ゆうき》だろうと思い立つ。木村は女性に対して手が早いと有名だ。

不安になりつつ、木村は一度仕事でも関わりがあったので、すぐに彼に連絡を取って、ホテルのバーに呼び出してみた。

「どうされたんですか？」

木村はすぐにやってきた。

「少し飲んでて、一緒にどうかなって」

「夏目先生に呼んでいただけるなんて嬉しいです」

木村は、口先だけは調子のいいやつだ。

二人で酒を飲んで少ししたところで、プライベートな話を聞くとすぐに吐いた。

「最近彼女ができたんです。今日、はじめてデートしてて、彼女の手をつないで近くのホテルに入ろうとしたら、全力で恥ずかしがられましたよ。今どき珍しいですよね」

「広報の法上美海でしょう」

そう言うと木村の顔が曇る。

「え、よく知ってますね」

「なんでも知ってますよ、彼女のことなら」

自分の声が勝手に低くなるのを感じた。

「え……」

「木村さん。俺から美海を奪おうだなんて、勇気ありますね」

少し威圧的すぎただろうか、と心配していたけど——。

〈振られた〉次の日、美海からそうメールが来て、ほっとした。

あんな軽いやつ、もともと美海には似合わないだろう。

ほんと、美海って男を見る目がないなと思いつつ、他の男のことで悲しむ美海を慰めにヤマトに行ってことの次第を聞いてみたら、初めてのデートで手をつながれそうになって全力で拒否してしまったらしい。

ホテルの存在には気づいてなかった事実に苦笑して、思わず『あっちの下心が手に出てたんだろ』と慰めていた。

二人目は、銀行マン。

その銀行に仕事での関わりがあったので調べてみたら、既婚者だった。しかも二股。

それを知り合いの銀行員でもあったそいつの上司にばらしたら、ほどなくそいつは左遷されたらしい。ほんと、美海の男運ってロクでもないな。

そうは思うけど、そんなやつ相手でも素直に傷つく美海を見ていると心が痛くなる。

ヤマトで、泣いて飲む美海につぶやいた。

「また振られたのか。ほんと男を見る目がないな」

「うぅ……」

「もっとお前を知ってるやつにしろ」

「そんな人、いないもん」

（いるだろ、隣に）

俺は彼女自身に、それに気づいてほしかった。


長い出張から戻った日、美海の母親に街で出会った。

「久しぶりね。首尾は上々？」

そう言って美海の母親はニヤリと笑う。

「いえ。なかなか難しいです」

「美海ね、そろそろお見合いでもさせようかと思ってるの。ほら、あの子知っての通り、ロクな恋愛できないでしょ。もうお見合いしかないかって」

この母親も突然何を言い出したのかと思った。

それが本気かどうか知りたくて見つめると、美海の母親は挑発するように言う。

「大事なものを目の前で諦めていいの？」

そのセリフは小学生の美海が俺に言った言葉に似ていた。

「そんなに美海の結婚を焦る必要ありますか」

「実はね、私と主人、今度北海道に引っ越すの」

「北海道？」

「そう。主人の実家が北海道にあってね。北海道っていってもかなり田舎なんだけど。美海がついてきたいって言ったら連れていくつもり。でもついてこないんじゃないかと思ってる。かといって、こっちに一人で置いとくのも心配でね。ほらあの子、いろいろ抜けてるでしょう」

「まぁ、それは確かに」

「急かすつもりはないけど、そうでもないと律くんも腹を決められないでしょ」

そう言って母親は笑う。

こんなきっかけを作らなければならないほど俺と美海との関係は長く拗れていたと気づかれたのかもしれない。

美海の母親は昔から変に勘がいい。

俺はごくりと息を飲むと、美海の母親の顔を見つめる。

「多少、強引なやり方でも許せますか？」

美海の母親は、どこまでわかっているのか優しく微笑む。

「あの子が同意して、あの子をちゃんと最後まで引き受けてくれるならね」

そんなふうに答えて、続ける。

「でも私はあの子、律くんのこと、今でもちゃんと好きだと思うのよね」

それはどうだろう、と思う。彼女は今でも、俺をただの男友だちだと思っていて、男として好きだなんて思っていないように感じていたからだ。

あんなに振られても俺を候補にすら入れないのはきっとそうなんだろう。

「普通に俺のことは友だちだと思っていますよ」

「ま、母親の勘よ。自信持ちなさい」

そう言ってニカッと笑った顔は、昔、美海がビー玉を見つけて笑った顔によく似ていると思った。

その後、美海の会社に行く途中で初実に声をかけられた。

初実の店のおかげで、美海と会える口実ができるのは非常にありがたかった。

俺は美海が来ているかどうかを毎日のように確かめていたけど、そのうち初実が折れて、美海が来ている日をメッセージで教えてくれるようになった。

だからか初実は俺を見ると人使いが荒いのだけど。

「おう、律。仕事?」

「今から美海の会社。初実は何してるんだ」

「見ての通り買い出し」

そう言って両手に持った段ボール箱を上げる。

重そうなそれをそのまま引き受けた。

「持つ」

「まぁ、優しい王子様」

初実はわざとらしくそう言って続けた。

「他の女の子にしたら誤解されるからやめときなよ」

「他の女には絶対しない。というか初実は誤解しないんだ」

「アンタが私に優しくする目的なんて一つでしょうが」

初実は冷たく言い放つ。

本当によくわかってる、と思わず笑った。さすが長い付き合いだ。

ふと箱の中を見ると、焼き鳥屋とはそぐわないものが入っていた。

「これ何」

「ズッキーニよ。新しいメニュー開発したんだよね。鳥とズッキーニで『トリッキーニ』っていうの。今度食べにおいで」

そう言われて笑う。

「それ、美海が好きそうだな」

「だからよ」

初実はきっぱりと言った。

彼女は昔から美海に甘い。

新しいメニューで成功しているのだって、大抵は以前美海と食べに行って、美海がおいしいと言ったものから着想を得ているらしい。

本人には調子に乗るから絶対に言わないと言っているけど、美海が新メニューを食べるとき、いつだって気にして美海を見ているのを俺だけは知っていた。

だって俺も同じようにおいしそうに食べる美海をいつも見てるから。

「直接は冷たいくせに、そういうとこホント甘いよな」

「律ほどのツンデレじゃないわよ。前に美海に、律と初実って似てるって言われて、寒気がしたわ」

「それ、こっちのセリフ」

そう、俺たちは二人とも美海に甘くて、美海が好きだ。

ある意味、俺と初実はライバルで、時々水面下で美海をどれだけ知ってるか張り合ったりもしている。でも、たいていの場合、美海についてのことは親友の初実に負けるのだけど。ちなみに、初実の家に美海が泊まったりした日には、いちいち自慢される。

結構妬ける事態だ。

初実は思い出したように、怒りながら口を開いた。

「美海と言えばあの子、また、おかしな男に引っかかってんだけど」

その言葉に青ざめる。

「まさか聞いてないの?」

「……あぁ」

俺が眉を寄せると、初実は気の毒そうに笑った。

「あの子、妙に変な男にモテるじゃない。律を筆頭に」

「俺を一緒にするな」

「一緒でしょ」

あたり前のようにそう言って初実は続ける。

「今回珍しく律に言わなかったのは、変な自立心を出しちゃったみたいね」

「なんだ自立心って」

「美海はもともと自分なんて律にお呼びじゃないって思ってるから、律とは別の男と恋なり結婚なりして、律から自立しなきゃって思ってるのよ」

「あいつはバカだな。そんなことする必要ないのに」

そう言うと、初実はまっすぐこちらを見ている。

「そもそもあの子、自己肯定感がすごく低いから、律には絶対自分から言えないよ。でも、ただの相談役と相談者の枠に収まろうとするには美海の気持ちも限界みたい」

「ただの、になるつもりなんてない」

思わず言い放つ。

初実はため息をついた。

「あのさ、そろそろちゃんと伝えたら？　大人の男女なんだし、どうなっても責任取れるでしょ。特にアンタは」

「もちろん責任は取るに決まってるし、責任取れる立場になりたい。付き合うなんて段階はいらないくらいに思ってる」

「なら何を迷ってるの？」

「でも美海はそう思えるくらい、俺のこと好きじゃないだろ」

「ふうん。美海の気持ちを疑ってるんだ」

「それはそうだろ。今まで全部こっちが必死に関係を積み上げてきただけだからさ。美海にとって俺はただの幼馴染止まりだ」

ぴたりと初実が歩みを止める。

見るともうヤマトの店先まで来ていた。

初実は俺の目を見据えてはっきりと告げた。

「律らしくないな」

「あれだけ鈍感で、バカが相手ならそうもなる」

「そんな言い訳して、誰かにさらわれてから焦っても遅いんだからね。実際、今回の人、手は早そうだったし。もう食べられてるかもよ」

「まさか」

「だから美海から連絡してこないんじゃない？」

まっすぐ初実を見ると、彼女は挑発するように俺を見ていた。

「あのね、私は誰でも彼でもいいなんて思ってないわよ。律は腹黒くて、性格もねじれてて、しつこくて、狡猾《こうかつ》で、諦め悪くて、粘着質で――」

「おい、それはいつまで続くんだ」

「言いたいことは百万とあるわよ。私は美海には、もっと素直で優しい彼氏なり旦那なりと幸せになってほしかったからね。でも、あんたがあんたらしくなく、ずっと美海にまっすぐだってわかったから、私だって、あんたならいいって思ったんでしょ」

まさか初実がもう認めてくれているだなんて思ってなかった。

いつだって、美海の前では俺に優しいそぶりを見せるのに、二人きりになれば美海をあんたなんかに任せられない、と言い続けてきた張本人だ。

美海が恋をすると自分で決めて、それで何度も傷つく姿を見て、何か変わってきたのは俺だけではなく初実もだったのだろう。

「ま、美海が来たら連絡してあげるから。頑張んなさい」

「ありがと」

「私が幸せになってほしいのは律じゃなくて美海。手のかかる幼馴染持つと大変なの」

そう言うと、じゃあね、と初実は俺の手から段ボール箱を奪って店に入っていった。

俺は初実の後ろ姿を見送りながら、「美海ってモテるんだよな」とつぶやいていた。

その後、仕事の打ち合わせに美海の会社に行って、帰り際、美海に話を聞こうかと思ったら、仕事をしている美海を見た。

美海は電話口でひたすら謝ってて、近くにいた女子社員が『また法上さん、面倒な苦情引き受けてくれたよー。あれ、ホントは私の案件なのに』と気の毒そうに笑ってる。思わずそちらを睨んでしまったら、居心地悪そうに女子社員は逃げていった。

美海は昔から要領が悪い。押しにも弱いし、頼まれたら断れない。

でも、彼女は面倒ごとでも逃げないし、誰かに押しつけもしない。

一所懸命で、それを見ているとつい助けたくなる。

そう思っていると、村野さんが美海に『代わる』とアクションしていた。

美海は、大丈夫だとアクションをして電話口に謝罪を続けていた。

そんな美海の姿を、心配そうに、でも少し誇らしそうな目で村野さんは見ていた。

その目を見て、不安になる。

村野さんは自分と同じように彼女を見ているんじゃないかと思ったから。

外を見ると、雨がぽつりぽつりと降り始めていた。

俺はそのまますぐ事務所に戻って、早めに仕事を切り上げ、彼女に連絡をしてみようと思っていた。

しかしその日、初実から、〈浮気現場見て振られたらしい。今、うちの店〉とメッセージが入ってきて、俺はそのまま初実の店に走って向かった。

裁判でもこんなに焦らないのに、と思いながら店に入る前に呼吸を整える。

ヤマトの入り口を開けると、いつものようにカウンターに彼女が座っていた。

しかも、もう相当飲んでいそうな雰囲気だ。

「いらっしゃいませ！　あ、よかった。待ってたよ！」

初実が言う。ありがとう、と手でアクションすると、初実は美海の隣の席を目でさした。そのままその席まで行き、ドカッ、と腰を下ろす。

美海の身体が一瞬ビクリとしたけど、こっちを向かないまま前を向いていた。

悪いことをしたとわかっているとき、視線を合わせないのは美海のくせだ。

それにドキリとする。まさか、変な男に食われたりしてないだろうな。

やけにのどが渇いて、ウーロン茶、と頼むと、すぐに初実が出してくれた。

美海が潰れたときのために車できているので、酒は飲まない。

飲んで抑制できる自信がないのも相まって余計だ。

そのとき、美海が大きなため息をつく。

早くその顔を見たかった。そして問いただしたかった。

『まさか、俺以外に身体を許したわけじゃないよな』と。

そして今回の場合、俺に隠していたのも問題だ。

美海を問い詰め、付き合い始めて、別れたいきさつを聞く。そして、肝心な話。

「ところで美海。そいつと何かしてないよな？」

確かめるように聞くと、彼女は一瞬、気まずそうに口を噤んだ。

胸が大きな音を立てる。

「今回ははじめてしたの。だから今までと違うって思ってた」

美海がしたのは、衝撃の告白だった。

自分の頭が真っ白になるのがわかった。

「ずっと取り残された気がしてた。私は何やってもだめなんだよ」

「だから、少し好きくらいで、したのか」

手の先が冷たくなる。これが嫉妬なのか、怒りなのか、全くわからない。

でも、これまで自分が答えを出すのが遅くて失ったものの大きさに気がおかしくなりそうだった。

「『した』んだろ」

「うん、した」

はっきり言う美海の言葉に息をのむ。

勢いよく立ち上がって美海の手を握っていた。

「それ、確かめさせて」

美海は、ポヤンとした顔で、うん、と頷く。それにすらイラついた。

そんなのだからいいようにされるんだよ、と自分を棚に上げて内心美海に当たる。

俺に彼女がいると思っているらしい美海に、彼女なんかいない、とはっきり告げて、そのまま手を引くと、美海は手を握り返してはにかんだ。

初実はそんな美海を見て、きっと俺の覚悟も知って、俺を止めはしなかった。

もういい加減決着をつけるべきだと、戦略的に積み上げて、準備して、固めて。

それでも、彼女の気持ちや行動だけは予想できなかった。

最後も少し迷っていたけど、彼女の驚くべき行動のせいで、多少の勢いがついたのは確かだ。

美海がいつか泊まりたいと言っていたホテルで、部屋に入った瞬間、彼女を抱きしめる。

酔っぱらっていて、相手もわからないのではないかと思ったけど、美海は、俺の名を呼んだ。そのことが俺に拍車をかけた。

「すまない、美海」

俺は何に謝っているのだろう。中学のとき傷つけたこと？　勝手に離れたこと？

なのに戻ってきて、こうして傷ついた美海を自分のものにしようとしていること？

全部正解だと思った。

美海の熱い手に自分の指を絡める。

美海が優しく微笑んで、「いいよ」と言うものだから、止められなくなった。

美海から伝わる体温だけで、今までにないほどおかしくなっていた。

何度も美海の頬を撫で、「美海、愛してる」とつぶやいた。

夜の間、美海は何度も俺の名前を呼んで俺の背中に爪を立てる。俺はそれすら嬉しくて、「もっと傷つけていい。今夜のこと何度も思い出したいから」と言っていた。

彼女のしなやかな身体も、柔らかい唇も、かわいい声も、髪の一本すら全部愛しくて、愛してる、と何度も囁いて、彼女が伸ばした手を取るとまた抱きしめなおした。

美海は辛いのか、涙をこぼして、それが罪悪感として俺の胸を打つ。

「こんな始まりですまない。だから、美海のこと、これから先も一生愛するから」

俺は絶対に裏切らない。だから、俺の愛を受け入れて。

そう思ったとき、熱に浮かされたように、律、と彼女がまた俺の名を呼ぶ。

彼女の頬を撫でると、「好き、好きだった……。律が好きだった」と美海がつぶやいて、その言葉に泣きそうになった。

美海からはじめて聞いた『好き』だった。

その好きの気持ちがまだ思うような愛情ではないとしても、美海がそう思えるまで俺が必死に努力すると誓う。

美海の手が俺の背中に緩く回る。

それを合図にもう一度美海にキスをして、首筋から全身にキスを落としていた。

彼女にまだ覚悟がないとわかっていた。それでも手に入れたかった。

深く彼女の人生に関わり続けたかった。もう離れたくなんてないと思っていた。

だからこそこれから何があっても、この手を絶対に離さないと強く誓った。


次の日の朝、出張の疲れとか、彼女といる緊張感とか、安心感とか。

とにかくいろいろなものが入り混じって一瞬寝ていた。

しかし、彼女の動く気配がして目が覚め、寝たふりを続けて彼女の気配を探る。

ドタバタと慌てている様子に、苦笑しそうになる。

多分今、パチリと目を開けてしまえば、彼女はもっとパニックになるだろう。

もう一度抱きしめたい想《おも》いと、さっきまで散々抱きしめていた余韻を噛みしめながら目を瞑っていた。

バタバタと出ていって、それからまたなぜか足音が戻ってきてまた出ていった。

それから目を開けると、メモ用紙に『忘れて！　絶対秘密にして！』と焦りきった文字。そして、なぜか二万円が一緒に置いてあった。

それを見て思わず首をひねったけど、美海のことだから、口止め料じゃないかと思ったりしていた。

俺は忘れる気なんてないし、秘密にする気も、ましてや美海を離す気もさらさらなかった。

その日、何度電話しても美海は出ない。

途中から『電波の届かないところに……』とアナウンスが流れるものでいい加減イライラして、次の日、美海の会社に向かっていた。

美海は早く出社してくると俺の顔を見るなり、ひっ、と叫んで逃げようとする。

そんな美海を俺が逃がすはずはなく、その腕を取ると、よくミーティングで使う部屋に美海を押し込んだ。

(こんなことになってまで逃げるなよ)

心の中の怒りに似た焦りを必死に抑えていると、顔に出ていたのか、美海はガタガタと震えている。

とりあえずポケットから取り出したのは一枚のメモ。

きっと母親に黙っていてほしいと言うだろうと思ったら案の定そうだった。

「美海のお母さん、あんなこと知ったらどれだけ怒るだろうな。いつも『結婚が決まるまで手さえ握らせるな！』って言ってたしな」

それを逆手に取るしかないと思っていた。そうしてしまえば、結婚するだろうと。

「や、や、やっぱり、その。し、した？」

「もちろんした、最後まで。美海、自分でわからなかったのか？」

美海が泣きそうな顔をしていて、思わずその頭を撫でていた。

驚いて見上げてきた美海の顔は凶悪なほどかわいかった。

「身体は大丈夫だった？」

「……え？　あ、うん」

「美海。落ち着いて話を聞いてほしいんだけど」

それから美海は何を勘違いしているのか、律のたくさんいる女のうちの一人だよねとか、律はこんなこと慣れてるしとか、言い始める。

これまで美海一筋で誰とも付き合ってもないのに、そんな男に思われているのかと少なからずショックを受ける。

そもそも美海以外とは付き合う気も結婚する気もない。

「美海は、あの夜のこと、なかったことにしたいのか？」

美海はこちらをまっすぐ見つめる。

「うん。私には後悔しかない」

彼女はそう言ったあと、なかったことにできる、とまで言った。

(あんなことしてもまだ友だちのままでいようとするのか)

なんでもっとうまくやれないんだろう、と自分への怒りから、ダン、と美海の顔の横の壁に手を置く。

「わかったから。もう、そろそろ黙って？」

どう説明しようかため息をついて、泣きそうな彼女の顔を見て思わず抱きしめる。

あの夜、彼女がつぶやいた『好き』の言葉が俺を支えていた。

「ひゃっ……！　ちょ、離して」

「俺は忘れない。なかったことには絶対にしない」

「そんなぁ」

「きちんとあの夜の責任を取らせてくれ」

これまで長い片思いだったし、これ以上、彼女と友だちごっこする気なんてなかった。それからあの夜に避妊をしていないことを確認のため彼女に告げた。

そのあたりがあいまいなのか、彼女は思った以上に動揺していた。

でも俺はすでにその頃から、本当に妊娠してくれているのではないか、と希望に似た予感を持っていたのだ。

そうであればこんなに嬉しいことはない。

二十年以上かかって、やっと彼女を抱いた日に授かった命だなんて最高じゃないか。

初実にも連絡して、美海の母親にも連絡した。

「美海からもし連絡が来たら、俺に教えていただけませんか」

「わかってる。でもうちに来るかしら？」

母親は何かを察したのか、そう言ってくれた。俺は確信を持って言う。

「行きますよ。怖くてもその奥にある愛情はきちんと感じていると思いますので」

そう言うと、やっぱり相手が律くんでよかったわぁと笑っていた。

そして、美海の母親から連絡が来たのは、土曜の仕事の打ち合わせが終わったときだった。

実家に行ったのだと聞いて、妊娠しているかもしれないという思いはほとんど確信に変わっていた。

『とにかく滞在時間を引き延ばすのにお見合いを勧めてみるわ。ちょうど少し前までお見合い写真本気で集めてたし』と言われて思わず苦笑した。

俺は美海の実家のマンションまで走っていた。

きっと妊娠しているだろう美海にハッタリをかけた。

美海はわかりやすく青ざめる。

(やっぱりそうだ)

しかしどうしても妊娠を認めない彼女に焦って、まずは入籍に照準を合わせて、その場のハッタリで『三つの考える材料』を彼女に与えた。

内心かなり焦っていたけど、できるだけ冷静に彼女に話して、結婚する選択をつけるとやっと彼女が頷いてくれた。

あの日はずっとのどが渇いていたのは今でもよく覚えている。

それから早々に入籍をし、結婚式に臨んだ。

結婚式は家族・親族のみですぐに執り行われた。

バージンロードを歩く美海を見てつい見惚れる。

大丈夫、絶対に幸せにすると何度も心の中で思った。

「新郎、夏目律。その健やかなるときも、病めるときも、美海を妻として生涯愛し続けることを誓いますか?」

「誓います」

もう出会ってから二十年以上の月日が流れた。

美海のこと、思わない日はこれまで一度もなかった。

俺はきっと最初から、一生美海を愛すると誓っていたんだ。

「では、誓いのキスを」

ヴェールを上げると美海がこちらを見ていた。

事前の打ち合わせでは、キスは形だけ。でも、そうする気はもとからなかった。

美海に知ってほしかった。俺の気持ちがどのくらいのものか。

これからきちんと思い知らせてやる気でいた。

そして心から好きだと、いつか美海にもわかってほしかった。

美海を見ると無防備な顔で俺を見ている。

俺はその顔を見て、思わず笑った。

(これから、めいっぱい愛される覚悟しとけよ)

美海に口づけ、それから舌を這わせる。

さらに慌てる美海の後頭部を押さえ、二度目のキスを交わしたとき、美海が真っ赤になって慌てる様子を、俺は嬉しくてずっと見ていたいと思っていた。

十章　律side

「りーつ。何嬉しそうに歩いてんの」

そう言われて振り返ると初実だった。

「嬉しそうな歩き方ってなんだよ」

「スキップしてたよ。超ド下手なやつだけど」

嘘だろ、と一笑して、初実の手に持つ段ボール箱をいつも通り引き受けた。

思った以上に重くて落としそうになる。

「重すぎる。なんだ、これ」

「新メニュー開発中なの。妊婦定食。美海、当分は飲めないでしょ」

そう言われて苦笑する。相変わらず美海にだけ優しい幼馴染だ。

「調べてみてわかったけど、妊婦の食事って結構難しいのよね」

「ふうん」

そう言われて、自分も調べてみようと思っていると初実は続ける。

「検診で聞いてきてよ」

「検診？」

「あるでしょ、妊婦検診。もう一、二回は行ってるだろうけど」

そう言われて青ざめた。美海との暮らしのほうに気を取られて、すっかり抜けていた。

見落としにも程があるだろうと自己嫌悪に陥っていると、初実がさらに傷をえぐる。

「まさか、一緒に行ってないの？」

「う……。美海のことでこんなことはじめてかも。しかもこんな重要なこと」

「それくらい美海との生活に浮かれてるってことだね。まぁ時期的に結婚前後だし、どうせあの子の場合自分から言わないだろうし、仕方ないよ」

「ありがとう、初実。恩にきる。次は嫌がっても一緒に行く」

「そもそも嫌がられないでよ。どんな夫婦よ」

そう言って初実は笑って続ける。

「そういえば美海からもメッセージきてた。まだ戸惑ってるみたいだね」

「まぁそうだろうな」

戸惑う美海はかわいいけど、この状況に早く慣れてほしいとも思う。

あまりに恥ずかしがるから、キスの回数も十分の一くらいに減らしているのに。

「でも、本当によかった。おめでとう。ちゃんと美海に優しくしてるんでしょうね」

「あたり前だろ。初実は俺を一体なんだと思ってるんだ」

「唯我独尊、俺様・律様だけど、本当に好きな人に対しては残念で粘着質な幼馴染」

初実は言う。思わず眉を寄せると、初実はまた笑った。

「それより初実。なんだよ、結婚祝いが防犯ブザーって」

「必要でしょ？」

初実は当然のように言った。

「一度目だけよ。あんなに強引に持ち込んでも許してあげたの。ああなった以上、ちゃんと節制しなさいよ」

「わかってる」

そうは言ったものの、今日も朝から押し倒しそうになったことを思い出していると、初実はジトッと俺に疑いのまなざしを向けてくる。

「やっぱり防犯ブザー渡してて正解じゃない」

(本当に優しい幼馴染だ)

その日の夜、持ち帰った仕事を終え、いつものように美海の寝顔を見つめる。

無防備な寝顔に思わず笑って、つい目を細めて見ていた。

しかしそれだけでは足らず、その髪をするりと撫で、額にキスを落とす。

くすぐったそうに身をよじる美海の唇に思わずキスをして、さらに舌を滑り込ませると、美海が慌てた様子で目を開いた。

「んんっ！　律！」

「すまない、起こしたな」

そう言ってまたキスを落とす。

首筋に唇を埋めると、どうにもこうにも止まらなくなって背中に手を入れていた。

「律っ」

「かわいい」

思わずまたキスをしようと思ったときに、美海は慌てて手元をさぐる。

防犯ブザーの存在を思い出して、先に奪った。

「こら、だめだろ」

「何がだめだろ、よ！　それ、こっちのセリフでしょぉおおお！」

真っ赤な顔をして美海が叫ぶ。

（まぁ、確かに必要だったかも）

あの幼馴染は、俺より俺の先を読んでいるのか、と思って苦笑した。

美海の会社で打ち合せがあった日、廊下を歩いていると知った顔を見つけて声をかけていた。

「村野さん」

「あぁ。夏目先生」

村野裕太、美海の先輩だ。

結婚当初、美海の頭を軽く叩いているところを見て嫉妬した相手でもある。

村野さんは以前総務部にいて、今でも時々総務を手伝っていることも多かったので顔を知っていた。

そう思っていると、村野さんは、そういえば、と話し出す。

「総務の木村は同期なんですよ」

その言葉に眉を寄せる。総務の木村といえば美海の初めての彼氏だ。

「先生、牽制がきついですよ。木村、超ビビってましたから」

村野さんは苦笑した。

「まぁ、必死だったんですよ」

「必死、ねぇ」

「他の男に、少しでも触れられるのも嫌ですから」

思わず言うと、思い当たった節があったのか、村野さんは言葉に詰まる。

「まぁ先生らしくなく、確かに必死ですね。でも、大丈夫です。法上はそもそも先生しか見てない。最初から、ね」

村野さんの顔を見ると楽しそうに笑っていた。

「いつも昼にね、女子社員が夏目先生の噂をしてるのを、ずっと気にして聞き耳立ててましたから。特に先生の彼女の話題なんて顔面蒼白でおもしろくて、つい俺もからかってしまうんですよ」

意外に食えない男だ、と思って村野さんを見ると彼は笑う。

「俺はまぁ、諦めは悪くないほうですから大丈夫です。だから、今度誰か紹介してください。ついでに先生のプライベートアドレスも教えてくださいい」

最近彼氏と別れたとふてくされていた秘書をふと思い出す。

人懐こい笑顔は、子犬に見えなくもないと思った。

美海と一緒にいるのがあたり前になってきて、俺はかなり充実した日々を過ごしていた。

その日も、美海の会社の従業員出入り口付近で彼女を待っていた。

「またこんな見えるところで待たないでよ。恥ずかしいからっ」

そう言って顔を赤くした美海は、俺をできるだけ気丈に睨んでいた。

しかし、睨んでもむしろかわいいだけだと本人は気づいているのだろうか。

「帰ろう」

俺はすぐに美海の手を取る。

美海は恥ずかしがって離そうとするが、余計に強く握ったら怒り出した。

「だからやめてって言ってるでしょ！」

「すまない」

そう言っても離してあげるわけではない。

しかし、このパターンに少しずつ慣れてきたのか、赤い顔のまま黙って膨れている
美海は、少し経つと無意識なのか俺の手を握り返す。

それがやけに嬉しくて笑ったら、何笑ってるのよ、とまた睨まれた。

言葉は反抗的なくせに、態度は素直なんだよな。

いつかその声で、好きだと素直に言ってくれる日は来るのだろうか。

(まだまだその日は遠そうだけど)

それから少しして、村野さんから美海が俺について話してる音声をもらった。

いや、落札した。

〈つい夏目先生を見てしまった〉〈確かに私もかっこいいって思いましたよ〉美海の声を何度も聞いてしまう。それを聞くとつい笑みがこぼれた。

やっぱり美海のことになると自分はおかしいということは自覚している。

一緒に暮らし始めて、さらにその傾向は強くなった。

それの何が悪いのだと開き直っているので、今後もこのままだし、これからもっとおかしくなっていくだろう。

ちなみにあまりに思いが強すぎて、自分でもさすがにやばいと思ったときは、病院で聞いた、妊娠中に必要な栄養素を中心とした料理にその気持ちをぶつけている。

そんなことをしていたら、いつの間にか自分の料理の腕が驚くべき進化を遂げた。


その日は、朝から事務所で少し乱暴に電話を切ったあとに舌打ちしていた。

仕事柄、人のあまり褒められた部分ではない側面を見ることが多かった。

そういうとき、どうしていいかわからない感情が自分を支配する。きっと何もなければ自分はそのまま悪いほうに引き摺られていた。そんな確信めいた予感もする。

イライラした気持ちを抑えるように、スマホにイヤホンを接続する。

耳から入ってくる声に、目を瞑って息を吸った。

嫌なことがあってもこうやって息が吸えるのは美海のおかげだ。

「律先生？」

相馬に何度か呼ばれていたらしく、イヤホンをはずす。

「すまん、何？」

「先ほどの電話、例の案件でしたか？」

相馬は面倒な相手だったとわかっているように微笑んだ。

（なぜわかる……？）

その頃には自分にも余裕が出てきたのか、思わず微笑み返したら、相馬が、やっぱり先生の笑顔は慣れなくて身の毛がよだちます、と訳のわからないことを言い出した。

俺の秘書は結構失礼なのだ。


そしてそれから少しあと、相馬の表情がやけに明るい日があった。

「どうかしたか？」

「今日奥様にお会いしました」

きっぱり言われて、思わず相馬の顔を見ると彼女は笑みを浮かべる。

「本当にかわいらしい方ですね」

「あたり前だ」

「否定されないところがまた」

何が問題だ。そう思いながら、俺は相馬を見て聞いていた。

「何か変なこと言ってないだろうな」

別に聞かれて困る話はないが、美海に嫌われる要素は一ミリでも排除したい。

「仕事は嫌みなくらい完璧なのに、奥様に関することだけは変なことしかございませんので、どれのことを変だとおっしゃっているのか全くわかりません」

相馬は本当によくできた秘書だ。毒舌なところさえなければ。

どうも俺の周りにはそういうタイプの女性が多いらしい。

俺の周りに、というより、美海の周りに、ともいえる。

彼女のお人好しで頼りない素直な性格は、どうもこの手の人間を呼び寄せるような気がしている。

「でもよかったです。そういう人間らしい感情が先生にあって。ああいった方が先生のそばにいて。先生、初めてお会いしたときは尖り切ってましたからね」

「尖り切ってたって。そうか？」

「はい。でもたまに柔らかい表情をされていると思っていたら、奥様からメッセージが来たときでしたね」

「なぜそこまで知ってる」

「先生のフォローも仕事のうちですから」

相馬はそう言うと油断ならない笑顔を俺に向ける。

「先生、裁判で相手が白旗上げるまで容赦なく翻弄するのに、奥様には翻弄され続けているところだけはかわいらしいです。以前より、人間として好きになりましたよ」

「それはどうも」

「私も何かあれば奥様の味方になりますから、先生はしっかり仕事をしてください」

「あぁ？」

俺の味方ではないらしい秘書を見ると、彼女は思い出したようにまた口を開く。

「そうだ。大先生がお呼びになってましたよ」

それを早く言え、と席を立った。

父親のデスクは隣の部屋にあるのだが、会議で顔を合わせる機会も多いのでわざわざ部屋まで出向く回数は少なかった。

扉を叩くと、すぐに、どうぞ、と声がかかる。

入ってみると父だけがいて、応接ソファに腰を下ろすように促された。

「例の遺産相続の件、大変そうだな？」

「顧問契約先の会長のお願いですから引き受けましたが、正直、イライラとしてしまうことも多いです」

「しかし先方は律のこと気に入ってくれているようだ」

「ならよかったですが」

憮然とした顔で言うと、父は微笑む。

「怒ってケンカを吹っかけるかと思ってた。ほら、これまで結構尖ってたから」

「相馬と同じこと言いますね」

「相馬さんが？　彼女さすがだよね」

そう言って楽しそうに笑ってから父は続けた。

「律はこれまで十二分にやってくれてたと思う。でも以前は律に近寄りにくいってクライアントもいてね。でも、今は違う。律がどのクライアントともうまくやってくれていて、うちの評判も上がってる。父親としても誇らしいよ」

そう言った表情は、上司のものから父親のそれに戻っていた。

自分ではよくわからないが、以前近寄りにくいと思われていたのはあたり前かもしれない。

美海の会社の顧問弁護士になるまで——つまり父に認められるまで、俺は必死すぎるほど必死だったから。それに今は、美海も近くにいる。

思わずほっとして息を吐くと、それを見て父は微笑む。

「よかったな、美海さんのこと。お前は私に似て不器用だから心配してたんだ」

「そうでしょうか」

「でもそう思ってたのは私だけかもしれないなぁ。律は美海さんが困っているときにはいつも気づいて手を差し出していた」

「美海は強情ですからね」

「母さんもそうだった」

思わず顔を上げる。

父はこれまであまり母の話をしなかった。

「私はなかなかそれに気づかなかったんだ。それで余計に病気の発見が遅くなった」

「だから美海にあんなこと言ったんですか？　——もし美海ちゃんが何か困ったときや辛いときは、大丈夫って言うんじゃなくて、必ず自分が信頼できるって思える人を頼るんだよ。好きな人でもいいから——って」

「本当は自分への戒《いまし》めだったんだ。心底、だめな父親で、夫だよ」

「その言葉が、俺と美海をつないでくれました」

そう言うと、父は少し驚いた顔をしてから本当に嬉しそうに歯を見せて笑った。

それから渡されたのは、安産祈願のお守りだった。

「前の出張先で安産祈願の神社に寄ってきた。私にはこれくらいしかできないからね」

「ありがとうございます」

出張先でも忙しくしている父を知っているので、その合間でわざわざ神社に立ち寄っているところを想像すると笑ってしまう。

すると父は俺を見て、まだ何か言いたげな顔をしていた。

どうされましたか？　と聞いてみると、少し恥じらった様子で聞いてくる。

「ほらなんだ。エコー写真とかいうやつ。今、持ってないのか？」

「あぁ、はい。持ってます」

そう言って、スマホに入っているエコー写真を見せる。

まだはっきり顔も形もわからない小さな雪だるまのような状態だ。しかし、それを見て父は今までにないくらい顔をほころばせると、かわいいなぁ、と言った。

(そこは全面的に同意だな)

そしてウキウキした様子で聞いてきた。

「性別はわかってるのか？」

「まだです」

まだお腹も目立っていない。俺も早く知りたい気もするが、最後まで楽しみにとっておきたいとも思っている。だって——。

「どちらにしてもかわいいだろうな。すごく楽しみだ」

自分が思っていたことと同じことを父は口にした。

思わず顔を上げると、父は本当に嬉しそうな顔でエコー写真をまだ見ていたので、性別がわかったらすぐに教えてあげようと決めた。

美海といると自分の周りの見え方が変わる。

昔も今も、世の中がこんなに明るいのだと思わされる。

あのときビー玉を通して見た世界みたいに、キラキラして見えるのだ。

美海を見てると、まるで宝物を見ている気分になる。

さらに今は美海と俺の子どもまでいるから喜びは倍増だ。

美海はいつも俺に助けられていると言うが、俺こそ美海に根本的なところでいつも助けられている。

そしてそんな美海がいつか俺だけを見て、『律が好きだ』と心から言ってくれたらどれだけ嬉しいだろうといつも考えていた。

出張前、眠る美海の頬を撫でる。

一週間も離れるなんて結婚してからはじめてで、考えただけで寂しさがよぎった。

今までもっと離れていた時期もあったのに不思議なものだ。ずっと、これ以上好きになれないくらい好きだと思っていたが、この気持ちに果てのないことを知る。

出張先から毎日電話していると美海の声がくぐもるのがわかった。

無理に出したような明るい声を聞いて、なんとか少しでも早く帰ろうと誓った。

「すまない、相馬にも無理させた」

一日早めた帰路の、最終の飛行機を待っているとき、隣にいた相馬に言う。

相馬もできる限り早く終わらせましょう、と言ってくれて協力してくれた。

「いえ、仕事を三倍の速度でこなしていただきましたし、私も帰ったらそのままデートです。彼がうちで待ってるようです」

「仲いいな」

「ええ。おかげさまで」

相馬はあまり見たことないような柔らかな微笑みを浮かべて続ける。

「誰かが待ってくれてると思うだけで、こんなにも元気になるものなんですね」

「あぁ」

「彼も言ってましたよ。奥様も帰りを心待ちにされてるって」

相馬はそう言うと笑った。

俺は美海に連絡せずにマンションに着いた。そしてそこから美海に電話をかけた。

「美海、困ったことはない？」

ドア越しの会話。少し驚かしてやろう、という気持ちだった。

だけど、そう言った瞬間、美海は泣き声のような息を漏らしていた。

「美海？」

次の瞬間、美海は『会いたい』と言った。

『律に会いたいよ！』

俺は弾《はじ》かれるように、玄関の鍵を開ける。

美海が走ってきて、驚いて俺の顔を見る。その顔がかわいすぎて思わず破顔した。

「俺も会いたかった」

驚いている美海もかわいい。

俺に会いたくて泣いた涙のあとも最高だ。

「な、なんで」

「仕事詰めて一日早く切り上げた。美海の声で我慢してるのわかったし、俺も早く会いたかったから」

本当に会いたかった。美海は目の前でまたボロボロと泣いている。

涙の粒が光るのが綺麗で、俺はそれに見惚れてしまっていた。

はっとして美海を抱きしめると、彼女の背中を軽く叩いた。

美海が少し落ち着くのを感じて、彼女を見つめる。

(なんでこんなにかわいいんだろうなぁ)

そう思って、そして自分の気持ちを美海に伝えた。

「俺は美海の恥ずかしいところも全部、もう見てるんだから強がる必要なんてないからな。今更そんなことで美海を嫌いになるはずない。だからなんでも言ってほしい」

そう言って笑って美海の唇にキスをした。何度も、何度もキスを交わしながら、美海にこの愛情が全部伝わればいいのにな、と本気で思っていた。

(大丈夫。どんな美海も受け入れる準備はとっくにできてる)

唇が離れた瞬間、美海を見つめる。思わずまた顔がほころぶ。

「嬉しかった。美海が『会いたい』って言ってくれて。俺、美海がいるからずっと頑張ってこられた。美海と結婚して、美海が近くにいてくれてもっと頑張れるようになった。美海がいるから、周りが輝いて見えるんだ。俺、前よりもっと美海が好きだ。愛してる」

俺は美海といると、ずっとそうなんだ。

——そのとき。

美海は決意したように顔を上げる。

「私も。私も、律のことが好き！」

その声を聞いてまた抱きしめなおす。

美海の声は耳の奥で温かく、心地よく反響していた。

長かった片思い。どうしても手に入れたくて、少し強引に手に入れて、そこから男として好きになってもらいたくて毎日必死だった。

でもそれが同時に幸せだった。

きっとこれから彼女の気持ちが離れそうになっても絶対に取り戻せると、確信めいた思いが、この長い長い期間のおかげで自分の中に根付いていた。

意地っ張りで、本音を出すのが苦手、無防備で自分の良さに全く気づいていない。

見ているとハラハラする場面も多いけど、まっすぐで優しい彼女が、こうしていつまでも最後の日まで隣で笑ってくれるためなら、俺はなんでもしようともう一度強く誓った。

それから何度もキスしたあと、美海と目が合う。

美海は嬉しそうにクスクス笑った。思わず美海に告げる。

「今日こそ、美海からキスして」

「えぇっ」

（まぁ、美海にできるはずないか）

何せ自分の音声と引き換えにでも自分からしてこなかった美海だ。

いたずらっぽく笑って目を合わせると、美海がむぅ、と膨れる。

いじめすぎたら嫌われるかな、とその言葉を引き揚げようと思ったそのとき――。

「わかった。律だって覚悟してよ！」

美海はそう言うと、俺のネクタイを引っ張り、俺に口づけた。

俺は一瞬驚いて、それから美海の不器用でヘタクソなキスに微笑む。

美海が唇を離そうとしたその瞬間、彼女の頭の後ろを押さえて、あの結婚式のような濃厚なキスをした。

エピローグ

深夜、隣でぐっすり眠る彼の顔を見る。
絡まっている手を離したら起こしてしまいそうでなかなかできない。

朝、彼が仕事でいないときも彼を思い出す。
星占いのおとめ座を見ると思わず微笑んでしまう。

昼、今彼は何を食べてるのかな、と思ってしまう。
家でカレーが続いたから、カレーではないだろうな、と苦笑する。

夕暮れ時はちょっと切ない。
彼が昔、他の女の子とキスしているところを見たことがあるから。
でも今は、夕暮れを見ても切ない気持ちにならなくて、温かい気持ちになる。

大好きな彼の子どもを産んだ日を思い出すからだ。

痛くて辛くて何度も泣いた。なのに、生まれてきた男の子を見て、律が今までにないくらい泣いて喜んで、痛くて辛かった気持ちが一瞬で和らいだ。

そして、何度も何度も、ありがとう、美海愛してる、かわいい、嬉しい、と言うものだから、それがもうしっかり自分の思い出に残ってしまったのだ。

だから、夕暮れを見るたび、あの日の律のことばかり思い出すんだ。

「睦《むつ》、転ばないようにね」

買い物帰り、河原の道を、小さな睦が下手なスキップをしながら歩いている。

楽しそうに口ずさんでいる歌詞のない歌は、誰が教えたのか昔のラブソングだ。

その睦の後ろ姿が愛しくて、大切な宝物を抱えてるみたいだと思っていた。

そのとき急に手から買い物袋が取られて、驚いてそちらを見てみると仕事帰りの律がいた。

そして私の空いた手に、律の手が滑り込む。

そのまま私の手を大事そうに握った。

「買い物、メッセージくれたら買って帰るって言ったよな?」

「ごめん、運動もしたいし。二人目の産休に入ったら時間もできちゃってさ」

「でも、もうおなかも大きいだろ。美海は案外そそっかしいから心配してる」

「わかったわよ。今度からは頼むから」

「絶対そうして」

目が合うと、律がとろりとした甘い目でこちらを見ている。

こういう表情を何度も見るたび、そして、触れ合うたび、この人は間違いなく私を好きだな、と強く思えるようになってきていた。

最近になって、妙な自信が自分についたように思う。

それを律に言ったら、今更？　と苦笑された。

しかし、自慢じゃないが、私だって負けないくらい律のことが好きだ。

「睦。おいで」

律が言うと、睦が首を横に振る。

そのまま河原の草むらで座り込んだ。

「もしかしてまたイヤ？」

律は楽しそうに笑って言う。

反抗期に加え、なんでも自分でやりたい盛りの睦は、よく『いやぁあああ！』

と泣いて私を困らせた。きっと兄弟ができることへの不安もあるのだろうと思う。

しかし、そのたびに律は『自己主張が強いっていいよねぇ』と笑うのだ。

それを見ていると不思議と私のイライラも緩和された。

「さがす！」

「探す？　あぁ、四つ葉のクローバーか」

律が笑うと、睦は頷く。

睦は最近、四つ葉のクローバー探しにハマっていた。

睦の通う保育園で流行っているようだ。

必死で探す睦は、まだ四つ葉のクローバーを自分で見つけられたことはない。

でも、いつも懸命に探している姿がかわいくて愛おしかった。

そして、その後ろ姿を見て、昔を思い出していた。

「昔、ビー玉探したね」

私が言うと、律は少し驚いた顔をして私を見た。

「美海、覚えてたんだ」

「うん、最近よく思い出すの。しかも律、まだあのビー玉大事に持ってるでしょ」

そう言うと、律は、あたり前だ、と頷いた。

寝室のクローゼットの一番上の引き出しに、宝石みたいに大事そうに仕舞われていたビー玉を、私は最近になって見つけたのだ。

それを持って光に当ててみると、七色に光って、今もすごく綺麗なままだった。

律は突然私の手を握っていた手に力を込める。

その手は以前より、もっと大きく、もっと温かく、そして逞しくなった気がした。

そう思っていると、律が私をじっと見つめる。

「俺は、あの頃から美海のことが好きだった。ずっと、ずっと好きだった」

あの頃から、なんて、どれだけ長い時間思っていてくれたのだろう。

ずっと、律は私を見てくれていたのだ。

胸がぎゅうっと掴まれたように痛くなる。

「あのとき美海さ、俺みたいに不愛想なやつにわざわざ構って、ビー玉投げたクラスメイトにもあんなに怒って」

「私、律じゃなかったら構わなかったし、あれが律の宝物じゃなかったら、あそこまで怒らなかったよ」

思わず言っていた。

私はこのところ、よく考えていた。

——私がはじめて律を好きになったのはいつだったのか？

結婚してから？　あの夜？　再会したとき？　痴漢から助けてもらったとき？　中学のとき？

何度考えてもはっきり答えが出なかったけど、最近見つけたビー玉を見てはっきりわかったのだ。

「私ね、あのとき、律の宝物をぞんざいに扱ったクラスメイトが許せなかったの。律が無理して平気そうな顔をしてたのも」

律は私の特別だった。

そんな律の宝物をぞんざいに扱ったクラスメイトが心から許せなかったし、彼が平気そうに強がっているのが余計に許せなかった。

だから私は懸命に探したんだ。

お母さんに叱られてまで探した。

「夕陽に反射して光ったビー玉が綺麗で、でも、それを見た律の顔がもっと輝いてた。律はあのとき私のことが好きになったって言ってくれたけど、私もあのときの嬉しそうな律の顔を見て、律を好きになった」

私が笑うと、律は驚いた顔で私を見ていた。

「今だから、なんとなくだけどわかる。子どもの頃、私の思う好きは家族愛みたいなものだったのかもしれない。いつの間にかそれが恋愛としての好きになって、大人になって律と再会して、結婚して、愛情の好きになってた。私はそんなふうにずっと変化してた『好き』の感情の中で、律だけを見てた」

つながれている律の手の力が強くなる。

私はそれに合わせるように言葉を続けた。

「睦がおなかの中にいるってわかったとき、本当に嫌ならおろすって選択肢もあったはずなのに、不思議とそれはあのときも全く思いつかなかったんだよね」

律は子どもを守りたい本能だって言ってくれたけど、今だからわかることもある。

「私は最初から、おなかの中にきてくれた睦が、律の宝物だって思ってたのかな」

生まれてからさらに実感した。

紛れもなく睦は、私たちの宝物だった。

律はそっと私のお腹に触れて慈しむように表情を柔らかくした。

「また、宝物が増えるな」

「うん、今から楽しみ！」

私がそう言うと、律は顔を上げ、またあの甘く蕩けるような目で私を見ている。

「美海、好きだよ。一生かけて愛してる」

「私も。私も律が好き。愛してる」

律の手がそっと私の頬に触れる。

温かく包み込むような優しい手つきに目を瞑った。

触れるだけのキスをしたそのとき、睦が嬉しそうに顔を上げる。

「四つ葉のクローバー見つけた！　ママ！　パパ！　見て！」


〈完〉

あとがき

はじめまして、泉野《いずみの》あおいと申します。ありがたいご縁からマーマレード文庫にてはじめて本を出せる運びとなり、幼馴染の二人の物語を楽しく執筆させていただきました。このような機会をいただき、本当にありがとうございます。

あとがきでは本作のキャラクターやその後について綴《つづ》っていこうと思います。

まず主人公の美海と律。お互い好きなのにすれ違いっぱなしの幼馴染。近いからこそ高い山を、俺様・律様がちょっと強引に越えるところから物語は始まります。

厳しすぎる美海の母、そして律の父は二人を繋いだキーパーソンとして登場しています。焼き鳥娘こと初実は、昔から美海と一番仲のいい幼馴染。その縁で律とも長く付き合いが続きます。

大人になり二人が仕事で出会った人物として、美海の先輩の村野さん、そしてパフェより銀座のお寿司が似合う美人すぎる秘書の相馬さん。

他にもこれまでの二人には様々な出会いがあったと思いますが、その中で二人の関係を後押しした人たちを登場させました。

その後のダイジェストです。結婚式で号泣しまくっていた美海の父は北海道に行った後、美海や子どもたちに食べさせたい想いで農作物を育て、その才能が開花。ちょっとした有名人となってしまい、朝の情報番組に登場して美海たちを驚かせます。

初実はこれからも美海や子どもたちを溺愛することに。ただし律は除く、というのは言うまでもありません。初実目当てで店に五年通い続けた男性と結婚します。

村野さんと相馬さんも近々結婚します。律はキューピッドとなったので、結婚式では仲人を頼まれます。美海たち家族も結婚式に参列し、睦たちの成長ぶりになぜか村野さんが号泣。もちろん結婚式でも相馬さんが美しすぎて号泣します。

その先、美海は三人目を妊娠し、律が喜びのあまり号泣したりして——。

並べてみれば、号泣してばかりの男性陣ですね。

最後になりましたが、この本の出版に携わっていただいたすべての方に御礼申し上げます。そして、この本を手に取ってくださったあなたに心からの感謝を！

またお会いできる日を、心より祈っております。

泉野あおい

マーマレード文庫

秘密の妊娠発覚で、契約結婚のＳ系弁護士が執着系ヤンデレ旦那様になりました

2022年11月15日　第1刷発行　定価はカバーに表示してあります

著者　泉野あおい　©AOI IZUMINO 2022
発行人　鈴木幸辰
発行所　株式会社ハーパーコリンズ・ジャパン
東京都千代田区大手町1-5-1
電話　03-6269-2883（営業）
0570-008091（読者サービス係）
印刷・製本　中央精版印刷株式会社

Printed in Japan ©K.K. HarperCollins Japan 2022
ISBN978-4-596-75549-0

m a r m a l a d e b u n k o